JN091337

酔藝

石原悟

未知谷

目次

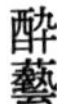

酔藝　亀田鵬斎

松平定信の登場により、寛政の改革が行われると、幕府の文教政策は朱子学を正学とした。儒学の他の派、古学派や折衷学派は異学派として幕府から疎斥され、折衷学派に属していた亀田鵬斎は山本北山など四人とともに異学の五鬼の一人とされた。鬼の一人に数えられた鵬斎は、自分の私塾の門弟多数を失ったため、横暴な幕府と朱子学に流れた無定見な門弟たちを呪詛した。

幸い鵬斎の書や詩は江戸町人の間で人気があったため、潤筆料などを稼ぐことができた。しかし、異学の禁以来、心の底には鬱陶しいわだかまりが淀んでいた。鵬斎はわだかまりを解してくれる縁として酒に頼った。ほろ酔いまでは酒の徳、酩酊、泥酔己が咎という自戒を踏み外すことはめったになかったが、時として幕政批判、朱子学批判、儒学を見栄のために着飾る蒙昧な腰抜け侍への批判が昂ると、つい度を過ごすこともあった。

酒豪を自認する鵬斎は、酒を詠んだ多くの詩を作り、太平酔民、斗酒学士、酔々居士などという戯号を落款として使った。

我家雖無銭　有酒可以顚　神仙在志適　志適貧也仙

金はなくとも酒があれば風顚になれる　風顚のまま満ち足りていれば　貧なれど神仙

模索前塗暗若漆　須悟窮達不可必　放歌痛飲莫長嗟　半生五十人事畢

前途を探ればお先真っ暗　とはいえ零落も出世も取るに足らぬと目を覚ませ
いつまでも嘆くなよ　酒飲んで歌って遊べ　齢すでに五十　世の中どうにともなれ

鵬斎は、酒を介して浮世離れしたような、捨て鉢のような心境を詩に詠むこともあった。無論、意気盛んな酔郷を讃美する詩が多かったが。

鵬斎は酒浸りの日々を送りながら、どこか醒めていた。

長い間の懶惰な生きざまに妻佐慧の死が追い打ちを掛けた。文化五年春のことだった。鵬斎は五十七歳になっていた。

ある時、鵬斎は大田南畝と酒井抱一に柳橋の料亭に誘われた。鵬斎は妻の死以来、外で飲むことは控えていた。三人が集まるのは久しぶりのことだった。

料亭の座敷で鵬斎と南畝は大徳利で冷やの酒を酌み交わした。抱一は下戸だったので、頻りに料理を突いた。南畝は鵬斎の三つ年上、春に還暦を迎えていた。優秀な幕吏として勤めていたが、かつて狂歌や戯文で名を馳せた才人だった。南畝が鵬斎の盃に酒を注いだ。

「鵬斎さん。あんた、奥さんが亡くなると途端に精気がなくなったように見える。異学の禁で五鬼の一人に数えられたほどの鬼なのだから、鬼らしい覇気のある生き方ができるはずだ」

鵬斎が不機嫌そうに答えた。

「幕吏であるあなたに、今更、鬼と言われても揶揄されているようにしか聞こえない。今の私は鬼どころか、賽の河原で鬼に打ちのめされている幼な子のようなものだ。妻が自分より早く逝ったのは誠に気の毒なことだったが、妻の死をきっかけに私自身が生きて行く上での張り合いというか芯を失ったことも確かなことだ」

鵬斎は魁偉な顔つきに似合わぬ弱音を吐いた。抱一が口を挟んだ。

「鵬斎さん。あなたの面構えと恰幅、もひとつ加えて斗酒をも辞ぬ肝力。鬼と呼ばれるにふさわしい」

鵬斎は、抱一までそんなことを言うのかと気落ちした。抱一が続けた。

「あなたが鬼と呼ばれたのは遠い昔のこと、鬼云々は今はどうでもいいことです。問題は、鵬斎様が生きる気力をどうやって取り戻すかということです。私は姫路の殿様に成り損ね、いや、成る気はなく、頭を丸めて出家し、画僧となったのはご承知の通りです。最近、私は尾形光琳の画に魅せられ、光琳の技と精神を大いに習得し、しかも自分なりの画業を極めたいと思っております。頭を丸めたから抹香臭いことを言うのではありません。私は現世を超えた浄土の風物を描きたいと思っております。言い方を変えるなら、浄土という想念を現世の画の中に表現してみたいのです」

鵬斎は、現世を超えるとか浄土という言葉に戸惑った。儒者である自分には縁遠い言葉だと思った。

「鵬斎さん。信仰は現世を超えた別次元に至り着くべく求道することだと思います。あなたに頭を丸めよとは申しません。しかし、あなたなりの超越の道があるはずです。私は浄土真宗の親鸞が説いた『横超』という言葉が好きで信じています。『横超』とは弥陀の恩寵に縋って横っ飛びに飛んで生死を超脱し浄土に生きるということです」

鵬斎は仏教にも親鸞にも大して興味がなかった。横っ飛びに飛んだら、頭から奈落の底に墜ちてしまうだけではないのか。信心から遠い鵬斎は、抱一の坊主頭をじっと見据えた。

「あなたは酒の詩をいっぱい詠んでいる。天地を呑みこむほどの威勢のいい詩が多く、あなたの豪放な人柄を如実に物語っている。しかし、私は、あなたの酒の詩を意地悪く読み透かしてもいるのです。一見、気宇壮大に詠い上げている詩の中にも秘かな本音が潜んでいます。世を拗ねた諦めの気分、外れ者の悲哀、自棄気味の慨嘆、さまざま陰の要素が詩の裏に隠されているのです。下戸の私が、あなたに酒をやめよなどという資格はありません。しかし、あなたには、あなたなりの横超や解脱の道があるはずです。私は、あなたが生死を超えた高邁な次元に蝉蛻(せんぜい)されんことを願っています。すっくと立って新しい境地を切り開いてください。必ずや奥様を失った悲しみから抜け出せるはずです。一回りも若い私如きが生意気なことを申し上げてすみません。気に障ったら、下戸の的外れの言い草と笑い捨ててください」

鵬斎は高僧から説教を喰らったような気がして溜め息をついた。横超とか解脱とか蝉蛻とかの小難しい言葉になじめないものを感じた。その一方で、自分にも高邁な次元とやらに至り着く可能性があるのかもしれないという期待が胸の内に沸いた。鵬斎は女中に酒の追加を頼んだ。南畝が、鵬斎を差し置いて嬉しそうな顔で抱一に問うた。

「ところで、お上人。あの世か浄土に蝉蛻する、その具体的な方途を教えてくだされ」

「方途はいろいろあります。手っ取り早いのは旅に出ることでしょう。新天地に踏み出せば、必ずや人生の新しい境地が生まれてくるに違いありません」

鵬斎は、なるほど旅に出れば何かが変わるのかと、少し心動かされた。南畝が鵬斎に構わず訊ねた。

「私も旅に出れば、蝉蛻できるのか。あの世への旅立ちなら御免蒙るが」

抱一が冷ややかに答えた。

「南畝さん、あなたは幕吏としての勤めがあるから、江戸を離れて旅に出ること自体無理でしょう。それに、笑いを取ったり、誰彼をおちょくったり、自嘲することは得意であっても、高い次元に超越することは無理だと思います。天下泰平そのもののようなご機嫌な人ですから信心とか仏心からは程遠い」

南畝が目を剥いた。

「坊様が、歴とした二本差しの私をおちょくったとな」

抱一が南畝に頭を下げた後、鵬斎に向き直った。

「鵬斎さん。今年は無理として、冬を越した来年の春に旅立たれてはいかがでしょう」

文化六年春、亀田鵬斎は日光東照宮を詣でた後、高崎を経て碓氷嶺を越え信濃へ入った。浅間の秀峰を眺めつつ中山道を追分まで進み、その後、佐久の豪農を訪ねるべく迂回し、そこで歓待され三晩泊まった。四日目の朝、豪農一家に別れを告げ、北国街道に出た。善光寺に詣で、門前の宿坊に泊まり、翌朝「お朝事」を授かった後、越後を目指すつもりだった。海を渡り佐渡へも足を伸ばすつもりだった。

旅に出ることになったのは、画僧酒井抱一に「人生の新しい境地を切り開け」と背中を押されたことが大きな理由だった。鵬斎自身、旅に出ることによって妻を失った悲哀を癒し、横っ飛びに「蝉蛻」することができるならば、「腐れ儒者の成れの果て」と陰口たたかれる立場から逃れられるとの期待も抱いていた。旅に出るもう一つの理由は、自ら腕を揮った書画を地方の有力者に売って金を稼ぐ、田舎回りの旅稼ぎという実利的なものだった。

鵬斎は千曲川と犀川を渡し船で渡り、善光寺に向かう坂に辿り着いた。その坂は、戸倉からの一日行程をしめくくる難儀な坂で鵬斎の足取りは重かった。坂を上りつめて最初に目にした宿坊に一泊を頼むと、幸い泊まれるという住職の返事だった。疲れのため善光寺本堂に出かけて掌を合わせる元気は失せていた。ゆっくりと風呂に浸かった後、寛いだ気分で精進料理に箸を著け、心行くまで独酌を堪能した。翌朝早い「お朝事」が気になって、とろりとした酔い心地のまま早めに床に就いた。

翌朝、鵬斎は善光寺に出かけ、本堂で「お朝事」の読経に聞き入った。僧侶たちの高く低く重なり合う音吐が胸に沁み入った。前の晩、鵬斎は宿坊で風呂から上がった時、住職に善光寺の御本尊が何かと訊ねてみた。

「本尊は阿弥陀如来だが、その像は秘仏であるため、誰も見た者はいない」

鵬斎は見た者がいないなら、本当は存在しないのではないかと疑った。

「善光寺のどこかにちゃんとあるのですか。本当はなかったりして」

住職の声が尖った。

「ちゃんとある。浄土におわします」

「浄土とはどこですか」

住職は呆れ顔で「彼岸じゃ」と答えて合掌し奥に引っ込んだ。鵬斎は遥か彼方の浄土を思い描いたが、浄土が遠いのか近いのか見当がつかなかった。しかし、彼岸が現世を超えているのであれば、遠近を推し量っても意味がないと思いなおした。自分の学んだ儒学は、現世の身分や精神に秩序立った枠をはめることが眼目で、現世を超えた彼方のことや枠の外のことは顧慮しないのだと思った。

鵬斎は読経を聞き終えた後、多くの参拝者とともに本堂から参道に下り、参道の脇に跪いて貫主の「お数珠」を頂戴した。

門前に出る短い段々を下りていると、突然、声をかけられた。

「先生。鵬斎先生ではありませんか。私です、私ですよ」と男は自分の顔を指差した。

私ですよと言われても、鵬斎には相手に心当たりがなかった。

「江戸の小島梅外です。江湖詩社の一員で漢詩を作っています。大窪詩仏（しぶつ）先生のお世話になっております」

鵬斎は詩仏の名を聞いて、目の前の男のことを思い出した。詩仏が目の前の男と連れ立っていた時に何度か出会ったことがあった。詩仏は鵬斎より一回りも若かったが、時に酒を酌み交わすほど近しい間柄だった。その詩仏の朋輩である梅外と善光寺で会うとは思いがけないことだった。

「あんたも『お数珠』を受けたのか」

梅外が「先生の何人か前で受けました。先生の横顔を窺いながら、いいお方を見つけたと心躍らせていたのです」と嬉しそうに答えた。そして鵬斎の袖を引いた。

「先日、泊まっている宿の手代から、この近くに朝から酒を飲ませてくれる蕎麦屋があると聞いています。是非、お付き合いください。お耳に入れたい話もあるのです」

鵬斎は腕組みをして天を仰いだ。

「折角の誘い、申し訳ないが、私は宿坊に戻って旅支度を済ませ、昼前には越後に向けて出立するつもりなのだ」

梅外が目を輝かせた。

「それは吉兆。願ってもないことです。私も権堂で一仕事こなしたら越後へ向かうつもりでした」

鵬斎は腕組みしたまま黙っていた。梅外がささやいた。

「大田南畝先生の詠んだ狂歌を思い出しました」

猫なで声に抑揚が被さった。

「――詩は詩仏　書は鵬斎に　狂歌おれ　芸者小勝に　料理八百善――」

鵬斎は、自分や詩仏を褒めそやす狂歌に満更でもない気持ちになった。

「先生は詩仏さんや南畝先生と一緒に八百善で卓袱(しっぽく)料理を囲んで酒を酌み交わしたそうじゃないですか。小勝が侍(はべ)ったかどうかは知りませんが」

鵬斎は八百善での一席を懐かしく思い出し、梅外の誘いに乗ってみようかという気になった。酒を飲めば、今日の出立が無理なことはわかっていたが。

薄暗い蕎麦屋に入って梅外が酒と蕎麦掻きを頼んだ。鵬斎は、梅外に越後へ行く理由を訊ねた。

「本来、私は漢詩人でありますが、最近、俳句に興味を持ち始めています。俳句といえば芭蕉が聖。『奥の細道』の越後路の一端なりとも自分の足で踏破してみたいと思っています」

鵬斎が糺した。

「北国街道を出雲崎や新潟の方へ進めば、『奥の細道』の順路に対して逆打ちになるのではないか」

梅外が気にしないというふうに明かした。

「いずれ江戸から大垣まで、『奥の細道』の順路通りに踏破するつもりです。今回は探りを入れるという程度なのです。それと新潟へ行くのは、江湖詩社の柏木如亭(じょてい)先輩のドラの名残でも嗅げればとも思っております」

鵬斎も、かつて如亭が越後で放蕩を繰り返していたことを漏れ聞いていた。梅外が鵬斎の越後行きの目的を訊ねた。

「あんたのように芭蕉の足跡を探るというほど高尚な目的はない。正直なところは旅稼ぎが目的だ。

書や絵を書いて潤筆料を稼いだり、頼まれれば、江戸では疎んじられてしまった我が折衷派の儒学の講義もするつもりだ」

鵬斎は、人生の新たな境地を求めて旅に出た、という理由は気恥ずかしくて口に出さなかった。胸の内では、そっちの理由の方を重んじていたのだが。大徳利の一本目が終わりかけていた。梅外が徳利を翳しながら「もう一本」と威勢のいい声を上げた。鵬斎が蕎麦掻きの味を褒め「湯呑み茶碗も」と頼んだ。梅外が、鵬斎のいい気分を察したように切り出した。

「先生を境内に足止めし、この蕎麦屋にお連れした本題を申し上げます。耳寄りな話の中身です」

鵬斎は手酌で湯呑み茶碗に酒を注いだ。耳寄りな話の中身とは、こういうことだった。

梅外は四日前に善光寺の町に着いて宿を取った。権堂の妓楼の楼主たちを集めて書画会を開くという企てを持っていた。宿の亭主に客集めを頼み、泊まり込んだ三日目の昨日、昼すぎから書画会を開いた。ところが現れた客は二人にすぎず、その二人も梅外の漢詩にも書にも興味を示さぬまま帰ってしまった。梅外は江湖詩社の四才子の一人である自分も善光寺の町では形無しだなと自嘲し、居つづけても無駄だと思い、今日越後に向かうことに決めていた。毎朝通った『お数珠』も今朝が最後だと思って参道脇に跪いていたら鵬斎を見つけた。頭に「お数珠」を受けながら、おれにもツキが回ってきたたと喜んだ。

「後は先生を追いかけ、この蕎麦屋にお連れし、こうして朝酒を飲んでいるという次第です」

鵬斎は思いがけない成り行きに戸惑いながら梅外の本心に探りを入れた。

「もう一度書画会を開くということか」

梅外が「仰せの通りです」とうなずいた。

「そのために私が必要だということだな」

梅外が「お察しの通りです。今度の会は先生が主役です」と言って掌を合わせた。鵬斎は主役とは大げさなと思ったが、悪い気はしなかった。今度の書画会まで越後への出立が先延ばしになることは気に食わなかったが、酔って気分が綻(ほころ)んでいたため梅外の目論見に乗ることにした。梅外は調子づいていた。

「今度の書画会には派手な趣向を凝らすべく、私なりに頭をひねっています。趣向の中身は、今ここでは秘密にしておきます。当日、手の内を明かしますので楽しみにしていてください」

鵬斎は勿体つけやがってと白けた気分になった。

「先生。二、三日の内に書画会が開けるよう宿の亭主の尻を叩きます。書画会の日まで、精々、権堂の妓楼でいい女を抱いて待っていてください」

鵬斎は要らぬお節介だと渋い顔をした。梅外が鵬斎の茶碗にたっぷり酒を注いだ。

「梅外よ。お前の頼みを叶えてやったのは、酒飲んでいい気持ちになったからだ。酒の徳にありがたく礼しろよ」

鵬斎と梅外は細かい打ち合わせをしてから別れた。

鵬斎は梅外に出会うまでの期間も含め、ほぼ夏中を信濃で過ごし温泉場や景勝地を巡り歩いた。時に鵬斎は若い梅外のドラに付き合わされることもあった。秋になって直ぐ、鵬斎と梅外は信濃に別れを告げ、北国街道を越後の高田に向かった。書画会の稼ぎが予想以上に大きかったため二人の足取りは軽かった。ところが、高田を目前にして急に鵬斎の足取りが重くなった。梅外の肩を借り、ほうほうの態で最寄りの宿に崩れ込んだ。

結局、熱を出した鵬斎は十日に亘って宿の床に臥せた。梅外は、夜毎、城下の廓に通って遊び回っていた。鵬斎は元気な梅外のことを羨みながらも、病臥の中でぼんやりと自分の旅について思いを巡らせた。自分の旅の本当の目的は何だったのか、実際の旅がどのような様相を呈しているのか。人生の新しい境地を切り開く、そんな旅を実現するはずではなかったのか。ところが、実際の旅は、書画会を開いて金を稼ぎ、その金を遊興に費やすことに止まっていた。殻をどう脱いで蝉蛻すればよいのか、蝉蛻できたとしてどのような境地が開けるのか。旅の来し方を思い返すと、自分の旅が空しくも実りのない惨めな旅に思われた。

熱が去り元気を回復した鵬斎と、夜毎、遊び回っていた梅外は、改めて北国街道に踏み出し出雲崎を目指した。梅外は、芭蕉が「荒海」の句を詠んだとされる出雲崎の大崎屋という宿に拘(こだわ)っていた。鵬斎は健脚を取り戻し、その歩みは順調だった。二人は、途中、二カ所の宿場で泊まり、海沿いの峠を越えて出雲崎の町並みが見えるあたりまで辿り着いた。

街道には、ありきたりの旅人に混じって、うらぶれた旅芸人や物乞いなどの往来も目についた。道端の大きく平たい石の上で、袈裟衣の痩せた僧侶が座禅を組んでいた。鵬斎は剥き出しの石に坐る僧侶の気概に感心もしたが、見世物じみたわざとらしさも感じた。梅外が僧侶に近寄って問うた。

「坊さん、なぜ足が痛くなるような石の上に坐っているのか」

僧侶は半眼のまま答えた。

「坐ることに時も所も関わりない。坐る時には坐る。所は選ばない」

「堅い石の上では骨折れようが」

「骨折れようとも、要らぬ気遣いは御無用。波の音聞くともなく、風吹くを感じるともなく坐る。坐れば、いつでもどこでも仏国土」

僧侶の目は細く切れ長で鼻筋のスーッと通った端正な顔立ちだった。年の頃は鵬斎より下、梅外よりかなり上、五十歳過ぎくらいに見えた。

梅外は、僧侶の半眼の先に濁って波打つ海や朽ちかけた苫屋（とまや）のまわりで襤褸（ぼろ）を着て立ち働く漁夫たちを眺めながら訝しんだ。

「今ここが仏国土だとでも」

「左様。達磨さんも尻の肉が破れるほど坐り抜いて解脱し、仏国土を我がものとされた。

私も所構わず坐る。しかし、気が向かねば坐らないので、面壁九年の達磨さんには到底及ばない」

鵬斎が訊ねた。

「坐り抜けば、本当に解脱し、仏国土に生まれ変わることができるのか。そもそも、あんたが一人前の禅僧なら、いつ悟りを開いたのか」

僧侶は、さすがにむっとした顔つきで口の端を歪めた。

「備中玉島の円通寺で忝（かたじけな）くも国仙和尚様から印可（いんか）を賜った」

僧侶は半眼を開いて鵬斎の目を見つめた。

「印可の証しとして藤の木の杖を授かった。私は杖を頼りに、悟後の修行のために西国から九州まで行脚し、長崎にしばらく留まった」

梅外が茶々を入れた。

「坊さんも隅に置けない。長崎に留まったのは丸山で女遊びをする魂胆からだろう」

僧侶は梅外の不躾な言葉を無視した。

「長崎から出る船に潜んで清国に渡るつもりだった。道元禅師が中国を訪ね如浄禅師の許で修業を積み、心身脱落、脱落心身の境地に到達された。その事績に肖って自分なりに悟後の修行の締めくくりとして清国に渡りたかったのだ。しかし、私の望みは空しく潰えた。奉行所の目が厳しく、伝手もない坊主が清へ渡ることなぞ、できるはずもなかったのだ。私の志は高かったが目論見は甘かった。結局、望みを果たせぬまま郷里であるここ出雲崎に戻って来た。出家前の出雲崎で、自分はさまざまな地獄を見ていたが、出家して悟りを得た私にとって、今の出雲崎や托鉢して歩くあちこちは、とにかく坐りさえすれば、ことごとく仏国土なのだ」

鵬斎が確かめた。

「悟後の修行とは聖胎長養のことか」

「ほー、あなた、そんな言葉を知ってるのか」

鵬斎が得意げに答えてから疑問を呈した。

「自分の父親は江戸で鼈甲商を営んでいたが、何の因果か禅坊主を頻繁に家に泊めてやったものだ。聖胎長養という言葉やその意味も親父から聞かされていた。しかし、我が家に出入りしていた埃まみれの坊さんたちにそんな高尚な言葉は不似合いだった。悟りだとか、悟りの後の修行だとか、自分には禅も仏も抹香臭いだけで興味が持てなかった。仏の道に興味はないが、疑問に思うことがある。教えてほしい。解脱とか悟達とか、坐れば本当にそういう境地が体現できるのか。あんたが玉島で印可を得たとは、具体的にどういうことなのか」

僧侶は鵬斎を睨みつけた。

「仏道に関心もないあなたに禅の根本義を説いてやる必要はない。『不立文字』という言葉がある。悟りの境地を、あなたのような俗人にわかりやすく教えることなどできない」

僧侶が、突然、鵬斎の目の前に拳固を突き出した。そして、すぐに開いてパーを見せた。僧侶がもう一度拳固を突き出して口を開いた。

「あらゆる存在と事象が『色』である」

拳固がパッと開かれた。

「あらゆる存在と事象が『空』である」

そして、拳固に戻った。

「あらゆる存在と事象は『色』である。が、しかし、最初のグーの表す『色』と、パーと開いた『空』を経た後のグーの表す『色』は根本から違う。現世の中であてどなくたゆたう『色』は、『空』という無常の風に吹かれることによって、全く新たな『色』に生まれ変わる。それが『色即是空』、『空即是色』だ」

僧侶は握ったままの拳固の指を、親指から小指まで一本ずつ立てていった。

「解脱であれ、悟達であれ、修行者が到達する境地は、空即是色の色の世界だ。新たな色の世界に到達できた禅者もそこで安住してはならない。五本の指を一本ずつ開くように、さまざまな局面で活溌溌地、利他の精神を発揮し己を娑婆の中で活かしてゆくことが肝腎なのだ」

僧侶が座禅を解いて石の縁にゆっくりと腰を下ろした。柔和になった表情にゆったりとした風情が漂っていた。

「石の上に坐ってあんた方の見せ物になったり、説教垂れてあんた方に疎んじられたり、これでは自分ばかり損をしているような気がする。さて、お二方はいかなるご仁でござるか」

鵬斎が答えた。

「名乗るほどの者ではない。松平の改革で弾き飛ばされた江戸の儒者だ」

「なるほど、寛政の改革に引っかかった鬼の一匹か。山本北山(ほくざん)、塚田大峯(たいほう)とか亀田の何とかなど」

鵬斎は僧侶の挙げた名前を聞き流し、自分が亀田本人であることも伏せ、僧侶の物言いを難じた。

「初対面の人間に向かって鬼の一匹とは無礼な言い草。幕府に取り入るおべっか儒者と違い、自分こそ正統な儒者だ。越後でも真っ当な儒学を講義いたすつもりだ」

僧侶が「ほー」と感じ入った素振りで鵬斎の顔を見つめた。

唐突に梅外が意外な禅語を繰り出した。

「野狐禅(やこぜん)という言葉を聞いたことがあります。生煮えの悟りのこととか」

僧侶が嫌な顔をした。梅外が皮肉っぽい笑いを浮かべてつづけた。

「ここにいる坊さんが野狐禅の坊さんかどうか私には判断できない。しかし、鬼と狐の出会いとは誠に稀有なことで。脅すが勝つか、さて化かすが勝つか」

鵬斎が顔をしかめて梅外を睨みつけた。僧侶が改まった態度で鵬斎に頭を下げた。

「歴とした儒者を鬼の一匹などと申してすみません。思うに、あなたも幕府の学問統制の犠牲になられた訳で同情いたします。食い詰めた末、退けられた学派の儒学を引っ提げて旅稼ぎとはお気の毒な」

鵬斎は僧侶の重なる不快な言葉に反発した。

「食い詰めて旅稼ぎとは言い過ぎではないか。異学の禁で多くの門弟を失ったことは、飯の種の上で大きな痛手であった。しかし、問題は私の活計（かっけい）のことではない。我が折衷学派が異学と決めつけられると、俄かに尻尾を巻いて朱子学に走った腰抜け侍どもの精神が問題なのだ。五倫五常、仁義礼智、経世済民の何を学んだというのか。所詮、孔孟の説く徳目など刀も抜けぬ侍どもを飾る見栄でしかない。私は儒学の研究を怠ってはいないし、江戸では町人相手に講義もする。しかし、最近、儒学に疑問を抱いている。儒学は世間や個人を縛りつけて為政者に靡（なび）かせる道具ではないのかと。そして、最も大きな疑問は、この私、この自分にとって儒学とは何なのか。どのような理想を以って私を導いてくれるのか。そこが私には掴めない。儒学に比べ、仏教はどうなのか。仏教の説く解脱や悟達の中身がどういうものか素人の私にはわからない。しかし、石の上に坐るあなたの姿やあなたの言葉に触れて、仏教が現世を超脱し、次元の違う高みを目指すらしいということはわかったつもりだ」

鵬斎は、旅のきっかけを作ってくれた酒井抱一の言葉を思い返した。横超、蝉蛻、人生の新しい境地。目の前の僧侶との出会いも奇しき因縁のように思われた。鵬斎は、改めて自分が異学の鬼の一人である亀田鵬斎であると名乗った。僧侶はこれが噂に聞く江戸で人気の亀田鵬斎なのかと驚いた。そして、自分は良寛（りょうかん）だと名乗った。

良寛は話を孟子に転じた。鵬斎にとっては思いがけないことだった。

「鵬斎殿。あなたは儒者でありながら儒学に対して大分辛辣な意見を持っているようだ。ところで、あなたは孟子の説いた『惻隠の情』をどのように捉えておられるか」

鵬斎は儒学に批判的になり始めていたが、腐っても儒者。即座に答えた。

「井戸に落ちそうな幼な子を見つけたら、誰しも生まれながらの善心を持っているのだから、幼な子に駆け寄って井戸から引き離してやることだ」

良寛がもどかしそうに小鼻を指で掻いた。

「鵬斎殿の捉え方は理屈っぽい。人は生まれながらに善良な心を持っている。だから井戸に落ちそうな子を見つけたら、駆け寄るに決まっている。だから、という言い方が回りくどい。人が生来善良だという前提は要らない。井戸の傍に幼な子がいる。ハッとして駆け寄って抱き上げる。ハッとしてという理屈抜きの即応こそが惻隠の情にふさわしい。性善説という観念を前置きして、その観念を行動が後追いするというのでは子供は救われない。間、髪を入れず井戸に駆け寄る。これが大事なのです」

鵬斎は良寛が些細なことに拘っていると思った。

良寛が話にけりをつけた。

「孟子が説く『惻隠の情』も、仏教が説く『利他』の心も根っこは同じです。『惻隠の情』は生まれながらに持っているもの、本物の『利他』は修行の末に獲得されるものという違いはありましょうが」

梅外が小難しい話に飽きたという感じで良寛に訊ねた。

「この町に松尾芭蕉に由縁ある遺物は残ってませんか。筆だとか矢立だとか脚絆だとか」

良寛がそっけなく答えた。

「芭蕉由縁の品などなーんにも残ってません。芭蕉が出雲崎に泊まったのは、いつのことだと思われるか。百年以上も昔のことです。昔と変わらないのは『荒海や』で詠んだ海と佐渡の島だけです。そうだ、芭蕉の泊まった『大崎屋』の跡地に、『大崎屋』とは関係のない別の宿『黄金屋』というのが建っているから、そこで泊まるといい」

良寛は黄金屋の位置を教えてくれると、再び石の上に坐り始めた。

鵬斎と梅外は、間口が狭く奥行きの深そうな切妻の屋並みを進み、左手に黄金屋の看板を見つけた。梅外は出て来た女将に海の見える部屋を頼んだ。女将に一番奥の部屋に案内された。部屋から濁った海が見えたが、佐渡の島影は見えなかった。

夕の膳には見栄えはしないが、活きのいい魚介が出された。旅の疲れから鵬斎も梅外も酒は一本と決めていた。梅外が濁った海を見ながら猪口を傾け、芭蕉の名句『荒海や』の講釈を垂れた。梅外の講釈を要約すれば、広大無辺の天穹の常在と儚い銀河と波立つ荒海の無常、芭蕉は仏教の世界観そのものを荒海に託して詠んだのではないかとのことだった。

鵬斎は梅外の講釈を聞きながら、芭蕉の深遠な句意と抱一の画への決意を重ね合わせていた。抱一は、現世を超えた浄土の風物を現世の画布の中に表現したいと語っていた。

鵬斎も梅外も朝食のご飯とノドグロの干物が気に入って、黄金屋に連泊することにした。黄金屋を拠点に日帰りできる範囲の町村を巡り歩いた。二人は黄金屋に身分を明かしてあったので、亭主や女将から口伝てに二人のことが広まっていた。鵬斎は儒者、書家として、梅外は詩人として手厚く扱われた。地方の人間にとって、正学か異学か、流派が何かなどは頓着の外のようだった。江戸から来たというだけで、高名なという形容詞で飾られた文人として各地で懇ろにもてなされた。鵬斎は豪農など多くの有力者に揮毫を頼まれた。海運を業とする依頼者には四字を揮毫した。

北海雄風

鵬斎らしい豪胆な筆遣いを依頼者は大いに気に入ってくれた。揮毫や作詩に対する値の相場が江戸よりかなり高いため、鵬斎と梅外の懐は膨らんでいった。二人は黄金屋に戻ると酒を酌み交わし大いに盛り上がった。しかし、妓楼へ通うのは控えていた。信濃では鵬斎と梅外の各地での放蕩に厳しい評が浴びせられていた。出雲崎でドラに現を抜かせば、これから訪れる蒲原や佐渡の先々に悪評が追いかけてくることは目に見えていた。娼妓を抱く代わりに二人は存分に酒を飲んだ。

鵬斎はあちこちの有力者にさまざまな字句を揮毫したが、特に酒の詩は福運をもたらすめでたいものとして喜ばれた。

人間常愁与世乖　老子常喜与酒偕　醒飲酔歌又何慮　……

人は世から疎まれることを愁う　しかし自分は酒さえあれば気分上乗
醒めては飲み　酔えば歌い　飲んで歌えば　何を悩むか

鵬斎が好んで揮毫した杜甫の「飲中八仙歌」の一部

李白一斗詩百篇　長安市上酒家眠　天子呼来不上船　自称臣是酒中仙
張旭三盃草聖伝　脱帽露頂王公前　揮毫落紙如雲煙

李白は一斗の酒飲んで詩を百篇作った　ある日長安の酒場で酔って眠っていた
天子の呼び出しを受けたが天子の乗る船に上れなかった　言い訳した　自分は酒中の仙人だと
張旭は三盃酒飲んで筆を執る　草書の聖人と伝わっている　時に帽を脱いで頭を剥き出し　毛髪を筆の代わりに　紙に墨書したとか

鵬斎は酒の詩を数多詠み、酔筆を数多揮って、地方の人々に褒めそやされ、ご機嫌な日々を送っていた。しかし、自分は何か大事なことを忘れているのではないかとの思いも抱いていた。新しい生き方を探し当てたのか。いや、それは一体どこにあるのか。

鵬斎と梅外は出雲崎を出て蒲原に向かった。蒲原の各地で旅稼ぎをし、燕の豪農の世話になった後、信濃川を乗り合い船で下った。途中、酒屋という船場で梅外は船を降り、別れ際に鵬斎に「新潟でお会いしましょう」と約して水原に向かった。梅外は水原の有力者の別邸で漢詩の初歩的な作詩法を講義する手筈になっていた。梅外には水原から足を伸ばし、芭蕉の「奥の細道」の築地から新潟までの行程を順路通りに辿ってみたいという心づもりもあった。鵬斎は、そのまま船に揺られて新潟に着いた。

新潟は北前船が出入りする西廻り航路の要湊。日本海に信濃川が注ぎ込む河口に開けた河湊。北前船の往来、信濃川とその支流を行き交う中小の船。財貨は湊で集散され、人もまた集まり散じ町は大いに賑わった。人集まれば色恋の花も咲く。新潟は色の湊、情の津とも謳われた。人集まり、富咲き乱れる巷目当てに江戸下りの文人、学者も多く訪れた。

十年ほど前に新潟を訪れた柏木如亭は詩を詠んだ。

八千八水帰新潟　七十二橋成六街　海口波平容湊船　路頭沙軟受游鞋　花顔柳態令人艶……

幾多の支流集めた信濃川は新潟で海に注ぐ　堀に架る多くの橋賑わう街　河口波静かに船集う　旅人の草鞋は砂を軟らかく踏み　美しい女が人を艶やかな気分にさせてくれる……

鵬斎は花街の一角にある「鯛の家」という宿屋を常宿とした。その宿屋は妓楼ではないので、娼妓は置かなかった。何人かの仲居が働いていた。鵬斎は鯛の家を根城に書画会を開き、年を越して春になったら佐渡へ渡るつもりだった。

ある晩、鵬斎は書画会の上客の奢りで春雨楼という妓楼に登ったことがあった。そこでお富士という娼妓と情を交わした。お富士は瓜実顔の美形で、白い餅肌が鵬斎を魅了した。お富士に惚れこんだ鵬斎は、その後、身銭を切って春雨楼に通った。そして、身請けして江戸に連れて帰ろうとまで思い始めていた。

師走に入ってから梅外が鯛の家に鵬斎を訪ねて来た。大分前から新潟に滞在しているとのことで、船に弱い自分は先生に同行して佐渡まで行く気はないので宿も別にしたとのことだった。鵬斎も弟子の待つ佐渡へ梅外を連れて行くつもりはなかった。久しぶりに顔を会わせた二人は、女将の酌で酒を飲み交わした。梅外は水原での講義を終えた後、築地から来ていた私塾の塾頭に懇願され、そこでも何日か講義をしたと言い、築地で村人から松尾芭蕉の『奥の細道』について貴重な口承を得たことを語った。

文化七年の年が明けた。江戸育ちの鵬斎には思いがけない天候がつづいた。雪は大して積もらなかったが、海からの烈しい風や霙が鵬斎の気を滅入らせた。せめてもの救いは料理と酒の旨いことだった。鮭や蟹、平目、イクラを散らした氷頭膾（ひずなます）は絶品で鵬斎の舌を悦ばせた。氷頭膾は鮭の鼻先の軟骨を薄切りにして入れた大根膾のことで、鵬斎にとって初めての味だった。

松の内の明けた八日の昼、鵬斎は宿の大広間で書画会を開いた。宿の番頭が客の数に対応するため、事前に色紙一枚に文字一字、値は一律半両と決めていた。番頭は鵬斎に揮毫する一文字はめでたい文字でと伝えてあった。二十人余りの客が集まっていた。鵬斎はめでたい字を次々に書いていった。端正な楷書の色紙が並べられた。

壽　春　福　鶴　亀　賀　松　竹　梅　新　瑞　……

客たちは立ち上がって並べられた色紙を吟味し、好みの字を選んで代金を番頭に渡した。

鵬斎に春雨楼への登楼を奢ってくれた回船問屋の主人が、「新」の色紙を殊の外喜んでくれた。「新年と新潟を掛けたいい字だ」と。

書画会の毎度の盛況ぶりに気をよくした鵬斎は、何度も春雨楼に出かけてお富士を抱いた。

一月末、鵬斎は、突然、宿の女将に帳場に引き入れられた。帳場には誰もいなかった。聞く者もいないのに女将は鵬斎の耳元でささやいた。

「先生、春雨楼のお富士にぞっこんでしょう。春雨楼の女将からこっそり聞かされてます」

鵬斎はポッと顔を赤らめた。

「実は私も娼妓上がりで、年季が明けた後、この宿の亭主に拾われました。だから春雨楼の女将とも裏の内緒話をやり取りできる間柄なのです。お富士に本気な人が他にもいます。遊びではないようです」

鵬斎はハッと息を呑んで耳を澄ませた。

「前に先生に会いに来た小島という方です」

鵬斎は驚いてのけぞりそうになった。そして「小島梅外のことか」と訊ねた。

女将は「はい」とうなずいた。

「遊びと本気は違います。しかし、先生と小島様のお富士に対する気持ちが本気だとして、本気の度合いがどちら様の方が高いのかまで私にはわかりません。ただ、女将の話によると小島様はお富士を身請けし、その後、新潟で所帯を持ってもよいと打ち明けているそうです。鵬斎先生はこの宿にとって大変大事なお客様です。宿代だけでなく、書画会にまつわる諸々の費用も気前よく払っていただいてます。しかし、お富士に本気になったお二方のどちらかの肩を持つことや仲を取り持つことは、所詮他人の私どもにはできません。お富士に対してどう出るのか、その進退を決めるのは先生ご自身です」

女将はそれだけ言い置いて帳場から出て行った。鵬斎は梅外が恋敵とは、悪い巡り合わせにはまったものだと頭を抱えた。しかも、梅外が新潟で所帯を持とうなどという甘言を弄していることが許せなかった。お富士本人の梅外に対する気持ちがどうなのかも大いに気になった。その後、鵬斎は何度かお富士と身体を合わせ、その都度、身請け話を持ち出して気を惹いたが、お富士の反応は煮え切らないままだった。

まだら雪が解け啓蟄間近いころ、鵬斎は寺町の堀に架る橋の袂で僧侶、あの良寛にばったり出くわした。一度しか会ってないのにひどく懐かしい気がした。鵬斎は再会の挨拶もそこそこに、「相談に乗ってくれ」と良寛の墨染の袖を引っ張り鯛の家に連れこんだ。鵬斎は自分の泊まる部屋に良寛を呼び入れ切り出した。妓楼のお富士との関りを縷々話し、身請けしたいという本心を打ち明けた。しかし、お富士に対して自分と同じことを目論んでいる敵がいることも付け加えた。その敵とは出雲崎で鵬斎が良寛に会った時、一緒だった詩人の小島梅外だと明かした。良寛は手指を組んだまま、しばらく黙っていた。鵬斎が焦れ始めたころ口を開いた。

「小島梅外とは、私と鵬斎殿の出会いを狐と鬼の出会いに例えて嘲った男のことですか」

鵬斎が大きくうなずいた。

「儒者と詩人の鞘当てとは見ものですな。ま、梅外さんはいいとして、鵬斎殿、あなた奥方を江戸に残してきたのではないのですか」

「去年の春、亡くした。この旅に出たのも妻を失った悲しみを紛らわすためなのだ」

「お富士とやらは、あなたの身請け話をどう受け止めているのですか」

「はっきりとした返事は得られぬままだ。私と梅外を比べているのかもしれない」

「お富士は、鵬斎殿と梅外さんを天秤に掛けているのかもしれません。しかし、妓楼のおなごの気まぐれな胸の内を探り兼ねてハラハラしているのはみっともない。お富士が、あなたに諾否の返事をしないのは幸いでした。返事を得る前に全てなかったことにした方がいい。潔くお富士のことは諦め、お富士は梅外さんに呉れてやりなさい」

鵬斎が「そんな理不尽な」と言って目を瞬いた。

襖が開いて若い仲居が茶道具を運んで来た。鵬斎が接する初めての仲居だった。良寛は、絶句したままの鵬斎に構わず、仲居に話しかけた。

「年はいくつか」

「十七であります」

仲居が茶を淹れて注いだ。良寛は旨そうに茶を啜った。

「奉公は辛いか」

「いいえ、女将さん初め、皆さん親切で仕事もしっかり教えてもらえます。さまざまなことを身に付けるための修行と思えば、ちっとも辛くありません」

仲居は明るく淀みなく答えた。美人とは言えないが、愛嬌のある顔立ちで言動がてきぱきとしていた。

「奉公を修行と受け止めるとは殊勝な心がけだ。人の一生は修行、修行。ところで名は何と申すか」

「お浦と申します」

鵬斎は、宿の仲居の名前など良寛にとってどうでもいいことではないかと鼻白んだ。

良寛が不躾なことを訊ねた。

「お浦は恋したことがあるか」

お浦は恥ずかしそうに口に手を当てながらも臆することなく答えた。

「幼いころ近所の海産物屋の息子に胸ときめかせたことがありました。互いに『好きだ』と打ち明け、大人になったら結婚しようねと指切りまでしました。しかし、相思相愛の恋も子供っぽい純情のままで終わりました。相手は商いの見習いのために蝦夷に渡り、二人の仲はそれきりになったのです」

良寛は、お浦の率直な話しぶりに感心し「またいつか新しい恋が始まるさ」と励ました。

鵬斎は、良寛と小娘のやり取りにまだるっこしさを感じていた。悪いとは思ったが袂から小銭を出してお浦に渡し、顎をしゃくって下がれと促した。お浦は、鵬斎と良寛のそれぞれに丁寧なお辞儀をして退いた。良寛が「いい娘だ。いずれどこぞのいい嫁になれる」とうなずいた。そして、つづけた。

「鵬斎殿。男が女を愛でる、女が男を愛でるとはどういうことですか。身体の交わりから始まると思うのは愚かなことです。私にも出家前の青二才のころの苦い経験があります。ある女に惚れたが、身体の方が先走っていただけで、恋と言えるものではなかった。気持ちの上で芯から女を愛でるということに欠けていました。さっきのお浦の恋に心打たれました。成就しなかったのは気の毒でしたが、二人の気持ちが素晴らしい。無邪気な恋、子供っぽい純情な恋、指一本触れぬ無垢な恋、そんなところから始まる稚拙な恋こそ本物なのです。娼妓相手の色事は、遊びと割り切った方がいい。本気になってはいけません」

鵬斎は、坊主の色恋話も、つまりは建前に止まり、粋や艶とは無縁に過ぎないと思いながら冷えた茶を啜った。

良寛は清朗な面持ちで言葉をつづけた。「勿論、いい大人が子供のままでおられる訳がありません。しかし、恋に関しては『天真』を発すという心根から始まらなければ本当の恋とは言えません。鵬斎殿、是非、『天真』から始まる恋をしなさい。一休さんも喜寿のころ、森女という女性を抱いておられる。秘事を詠んだあからさまな詩も作られた。七十七で森女を愛でる、その心意気の根本には『天真』があったのだと私は確信しています」

鵬斎は、良寛の言葉に白々しいものを感じていた。お富士に対する気持ちを戒められたのは納得できないことではなかったが、『天真』から始まる恋をせよと勧められても、今更この年になってと苦笑せざるをえなかった。鵬斎が、夕の膳で一緒に酒を飲もうと良寛を誘った。しかし、良寛は誘いを丁重に断り、「いずれまた」という言葉を残して鯛の家を去った。鵬斎は、「いずれまた」という言葉とは裏腹に、良寛とはもう会えないだろうと思った。

翌々日の昼間、鵬斎が頼まれていた色紙に揮毫している時、また、女将に帳場に呼び入れられた。女将が渋い顔で声を低め耳打ちした。

「鵬斎先生。春雨楼のお富士の気持ちは梅外さんの方に傾いたそうです。昼前、女将からこっそり教えられました」

鵬斎は落胆の余り言葉が出なかった。女将が陽気な顔に戻って声の調子を上げた。

「先生、がっかりしなさるな。玄人の女に振られても、素人で若い娘がいっぱいいます」

鵬斎は呆然としたまま黙りこんでいた。お富士への未練が胸の内で尾を曳いた。

「先生、春雨楼に行くのは、お止めなさい。これから毎晩、先生の夕の膳に若い仲居を付けてお酌させます」

鵬斎は女将の気配りが嬉しくて少し気を取り直した。

鵬斎は、女将の慰めや良寛の戒めを素直に受け止め、春雨楼へ行くことをきっぱり止めることにした。近い内に佐渡へも向かわねばと思った。

夕の膳には、仲居のお浦がお酌してくれることになった。鵬斎は宿の部屋で良寛に会った時、茶を出してくれたお浦に小銭をくれて場を外させたことを気にしていた。しかし、お浦はそんなことを忘れたように振舞ってくれた。血色のよいぽっちゃりとした顔、クリっとした目、おちょぼ口、年相応の愛嬌とキビキビした所作が心身の健気さを物語っていた。酌の間合いも絶妙で、晩酌の楽しい相手を務めてくれた。鵬斎が酌の間合いを褒めた。

「お浦は年は十七だったか。若いのに酌が上手だ。煩(わずらわし)くもなく間延びするでもなく。どこで習ったのか」

お浦が嬉しそうに答えた。

「父が飲兵衛なもので、小さいころから長女の私が父にお酌してました。時には、父の胡坐の上に腰を下ろして父の持つ猪口にお酒注いだりしたものです」

「両親は元気か。何をやっているのか」

「おかげさまで二人とも元気です。父は佐渡の海府の生まれで、新潟に出てきて船乗りをやってます。母は魚の棒手振りをやってます。新潟では女も棒手振りをします。母も魚も活きのいいのが自慢です。弟妹が三人いますので、私が鯛の家さんに奉公に出たのです」

鵬斎が盃を振ってから向かい合うお浦に突き出した。

「一杯どうだ。三杯も四杯もとは言わない」お浦が素直に盃を受け取った。鵬斎が注ぎながら訊ねた。

「ここの奉公が明けたら、いずれ誰かの嫁になるのだろう。どういう人物と結婚したいのか」

お浦が盃の酒をクイっと一息で飲んだ。鵬斎が目を丸くした。

「女将さんには内緒ですが、私、イケる口です。結婚相手は優しくて力持ちの人がいいと思っています。手に職を持った人なら最高です。船大工さんとか」

鵬斎が冗談半分に訊ねた。

「私のような江戸の儒者や書家はどうか」

お浦が口を押えて笑った。

「儒学も書道も知らない無学な私に鵬斎先生のようなお方は無縁です。それに私は新潟が好きですから、江戸へ出ることなど毛頭考えたこともありません」

「いや、お浦が勉強したり筆を執る訳ではない。お浦は家事をこなし、丈夫な身体で私に愛でられればいい」

お浦は恥ずかしそうに身をよじった。耳たぶが、ほんのり赤くなっていた。

「私はやっぱり船大工がいい。父が船に乗っているので船が好きなのです。それに船大工は陸で仕事するので船乗りより安全です」


春の日差しが確かなものになると鵬斎は海を渡り佐渡を目指すことにした。冬の凄まじい風は収まっていたが鵬斎にとって船旅は億劫なものだった。新潟から船に乗ることも考えたが、楽な経路がないか宿の亭主に相談した。亭主は鵬斎の臆病風を冷かしながら出雲崎から船に乗る方が断然距離が近いため、船に乗っている時間も短いと教えてくれた。

出雲崎に向かう前夜、鵬斎はお浦の酌で常以上に飲んだ。気持ちよく酔った切り上げ時、鵬斎はお浦の両肩を手で押さえ、その面差しをしっかり記憶に止めようと思った。真正面から睨むようにお浦の目を見据えるとお浦の双つの瞳は薄青かった。鵬斎は不思議の念に打たれた。

鵬斎は四日掛けて出雲崎まで歩いた。途中、いくつかの旧家に寄って神社の碑文を揮毫したり、ある旧家の庭に立ち並ぶ二本の松を詩に詠んだりした。芭蕉は『奥の細道』の中で、新潟から弥彦まで一日で行き着いていた。その経路が砂山伝いなのか、西川沿いなのか、確かな伝承は残っていなかった。いや、鵬斎にとってそれはどうでもよいことだった。梅外との縁が切れて清々とした気分になっていた。自分の旅は、芭蕉の旅と比べ、至極のんびりとして実入りのいい旅だと思った。弥彦では越後一宮弥彦神社に詣で、ご神体である弥彦山を仰ぎ見た。夜は上宿に泊まり旨い酒を味わった。

鵬斎は出雲崎に着くと黄金屋に宿を取り、二日、日和見をして佐渡に渡った。

鵬斎は三月から七月にかけて佐渡に滞在した。かつて江戸で教えた矢島宅で多くの時日を過ごした。矢島は鵬斎より僅かに年下、資産家で私学の創設を目指していた。鵬斎はその宣揚（せんよう）も兼ねて孔孟の講義も行った。江戸の大学者という触れこみを裏切らぬよう、よく徹る太い声で謹厳な講義を展開した。異学云々という陰口を叩かれることはなく、講義の評判はよかった。受講者の家に招かれ歓待されることも多かった。謹厳な講義の在り様と違い、招かれた先での豪快な酒の飲みっぷりも評判を呼んだ。気迫に満ちた酔筆の揮毫が高値で買い取られた。

ある時、酒の席で酌をしてくれるその家の主人の話が外海府のことに及んだ。主人は言い伝えだと断った上で、外海府にはかつて大陸から異人が来訪したことがあると明かした。主人は訳知り顔で李白の

「胡姫」に触れ、「砂漠を越えて来たか、海を越えて来たかの違いはあれ、西方の異人が佐渡にも来たことは確かなようです」と言い、「外海府の住人の中には、大陸の異人の血が流れている者もおるそうです」と付け加えた。鵬斎は外海府に行ったことはなかったが、佐渡も広いものだと感心し、海を隔てているとはいえ、佐渡が大陸と直接向き合っていることを改めて認識させられた。その夜、鵬斎は酔いの床でぼんやりと新潟の鯛の家のお浦の瞳の色を思い浮かべていた。

鵬斎は、親しげに語りかけてくる風物を詩に詠むことを好まないようなところがあった。風物を介して安易な感傷に溺れたり、自然に随順同化することを嫌ったのか。新潟でも佐渡でも暗く荒々しい天象や海景を詠むことがほとんどで、心和む景物を詠むことはなかった。ぎごわな性格が、意気軒高、胆力強壮な詩に向かわせたのかもしれない。ところが、両津に足を伸ばした時、佳景に素直に感動し詩を詠んだ。

前海後湖一帯村
長橋疑見隔乾坤
――中略――
欄南欄北双痕月
両袖清涼醒酔魂

両津の地勢を巧みに詠みこんでいる。

前は海　背後は加茂湖　町家漁家が細長い砂州の上に連なり……
細長い砂州を断ち切る水路に架る橋の南と北　海と加茂湖に二つながら映る月
優雅な景色に魅せられて快い酔いが醒めてゆく

鵬斎にしては珍しく造化の妙に魅了されていた。

鵬斎は佐渡に百日ほど滞在した後、小木から船で出雲崎に戻り黄金屋に落ち着いた。何日か骨休めをした後、燕の豪農を訪ねるつもりだった。そのことを女将に伝え、「良寛」という僧侶を知っているか訊ねた。女将は怪訝な顔つきで鵬斎を見つめ、「石の上でも草叢でも茶屋の腰掛の上でもどこでも座禅組む坊主でしょう」と答えた。鵬斎が相槌を打つと、女将は「時々、ここらにも托鉢に回って来ます。子供とおはじきしたり、かくれんぼするのが好きな変わった坊さんです」と軽侮するような言い方をした。そして、意外なことを言い添えた。

「元々、ここ出雲崎の名主の家柄のくせに、名主に成り損ねて出家したとか。私はよそからここへ嫁に入ったので詳しいことは知りませんが」

鵬斎は、良寛が名主に成り損ねて僧侶になったと聞いて驚いた。驚くと同時に良寛に出家を促すどのような葛藤があったのか他人事ながら気になった。

「ところで女将。良寛はどこに住んでいるのか」

「どうして先生は良寛の居どころを知りたがりなさる」

「会いたいからだ」

女将は呆れ顔で答えた。

「出雲崎にはいません。寺や檀家も持たず、国上の庵に住んでるようです。先生、燕に向かうそうですが、国上はその途中ですから寄ってみられればいい。それにしても、あんな坊主に会いに行くとは、先生も物好きなことで」

鵬斎は、新潟の宿で良寛が言い残した「いずれまた」という言葉を思い出していた。別れた時は、もう会えないだろうと諦めていたが、今は自分の方から、是非、会いに行くべきだと思うようになっていた。


麓の村から、かなり登った国上山の中腹に良寛の五合庵があった。

鵬斎は狭い庵で寝そべる良寛に声をかけた。

「あんた、名主に成り損ねたのか」

良寛は、それには何も答えず寝そべったまま、「托鉢から帰ったばかりだ」と口を開いた。

鵬斎が挨拶代わりの大徳利を掲げると、良寛は身体を起こして相好を崩した。麓の村で買ってきた五合の酒だった。良寛は、「五合庵に五合の酒とは鵬斎殿も洒落ていなさる。私は酒を買ってきても精々二合止まり」と言って棚から湯呑み茶碗を取り出して二人の前に置いた。そして、先ず自分の茶碗に徳利の酒をなみなみと注いだ。一口飲んでから「あなたも遠慮せずどうぞ」と徳利を押し出した。鵬斎は、どっちが客なのかと苦笑いを浮かべた。

鵬斎は、佐渡に渡り孔孟を講義してきたことを明かした。

良寛が細いが凛とした声で歌を披露した。

いにしえに　かわらぬものは　荒磯海と　むかいに見ゆる　佐渡の島なり

鵬斎が「芭蕉の『荒海や』を意識したような歌だ。『万代不易』を詠い上げている」と評した。

「芭蕉に肖ろうなどと大それたことを狙ったものではありません。もう一つ佐渡の歌があります」

たらちねの　母が形見と　朝夕に　佐渡の島べを　うち見つるかも

良寛が歌意を説いた。

「二つの歌は、自分流に天長地久の永遠相と人世の儚さを対比したものです。佐渡生まれの母は、私が二十六の年、玉島の円通寺で修業していた時に亡くなりました。母の死に目に会えなかったのは痛恨の極みでしたが、佐渡という形見が残ったのは幸いでした」

鵬斎は、良寛の深い悲しみを察し、やはり良寛も人の子なのだと思った。

「いずれ鵬斎殿が来ると思ってお待ちしておりました。酒持参でお越しくださるとは、御馳走御馳走。私も一つ歌を進ぜましょう」

わが家は　竹の柱に　菰すだれ　強いておしませ　一杯の酒

「して、この度、私に会いに来られた目的は何でござる。いや、酒飲みに来てくれただけで嬉しいのですが」

鵬斎は、酒を持ってきたのは俺だろうと言いかけて止めた。少しタガの外れたところが良寛の持ち味なのだと思いなおした。

「まさか、新潟の娼妓、お富士とやらのことで相談に来られたとか」

鵬斎は、大袈裟に手を振って否定した。

「あなたの助言を受けて、お富士のことはきっぱり諦めた。むしろ、鯛の家の仲居、あなたと会った時に茶を出してくれたお浦の方に情が移ったような按配で。いや、年甲斐もなく無分別なことと笑われそうではあるが」

「年取ったから分別が増すものでもありません。大事なことは『天真』です。『天真』に発する情なら素晴らしい」

鵬斎は気恥ずかしさもあって話の矛先を変えた。

「妻を亡くしてから気分の晴れない日々を送ってきた。気持ちを切り替え、新しい境地を切り開くべく、今度の旅に出てきた。しかし、新しい境地など簡単に見つかるものでない。

幸い金銭的には恵まれていた。書画会を開いて思いがけぬ金も稼ぎ、佐渡では孔子孟子を講義して多額の講料も貰った。金を稼ぐことは決して悪いことではない。しかし、懐具合はそれとして、今の私は儒者として行き詰まりを感じている。他人様に儒学を講義することはできても、この私が生きて行く上で儒学とは何なのか。私の人生にとって儒学の徳目とは何なのか。そこがわからなくなって迷いが生じ、新しい境地を見つけ出そうと藻掻いている。今の私は腐れ儒者以下の愚か者に落ちぶれてしまった。そうだ、良寛さんに会って、解脱し悟りを得たご仁の素の暮らしぶりがどういうものか、半ば野次馬根性で探りに来たというのが正直なところだ」

良寛が立ち上がって隅の厨(くりや)に行き、山菜漬けを持って来た。

「鵬斎殿。見ての通り裏も表もないここ一間の暮らしです。気が向けば坐るし、嫌なら横にもなります。時に托鉢に出かけ石の上や土手の上にも坐ります。悟達したなどと自惚れても、自惚れ舞い上がることで悟達など吹き飛んでしまいます。只管打坐、一生修行、死ぬまで修行。だから私はどこでも坐るのです」

鵬斎が訊ねた。

「ただ坐って、どうなる」

良寛が眉根を寄せ語気を強めた。

「只管打坐、それだけのこと。坐ったからどうなる、何になるということではない。眼横鼻直、あるがまま。まさか、鵬斎殿、解脱したら何かに化けるなどと妄想してないでしょうね。在家の衆生は、とかく解脱した人間は厳めしい何者かに成り上がると思い易い。狐でもあるまいし、生身の人間が悟ったからとて御大層な者に化けるはずもありません」

鵬斎にとって、確かに目の前の良寛は目は横、鼻は縦のただの人にしか見えなかった。

良寛は目の前の徳利と茶碗を退けた。胡坐の姿勢から、右足の甲を左の腿の上に、左足の甲を右の腿の上に載せた。左右の足裏が、腿の上で剥き出しになった。

「この坐り方が禅の正統な坐り方で結跏趺坐と言います。この体勢で『禅定』に入ります。清国の広東の禅寺では僧がねそべった形で瞑想に入るとか。清らしいずぼらさとも言えますが大事なことは外形ではなく中身です。瞑想とは静かに想いを凝らすことを意味しますが、素人の場合、静かに想いを凝らすどころか、実は妄想、雑念がとめどなく沸き出してきて脳中を撹拌するのです。禅の『禅定』は、妄想、雑念を払い除け、無念無想の境地に至ることですから、厳密には瞑想とも違います」

良寛は静かに息を吸いこみ、大きく吐き出した。

「鵬斎殿。くどくど説明されたので、却ってわかりにくかったと思います。端的に申しましょう。坐るとは、禅定に入るとは、すっからかんの境地を身を以って体得することなのです」

鵬斎は、厳しい修行の末、体得されるのがすっからかんに過ぎないのならば、禅の道はなんと無意味で独り善がりなものかと思った。しかし、良寛が玉島の円通寺で十二年も坐り抜いて解脱し、すっからかんを体得したということに驚異のようなものも覚えた。

良寛の息遣いが消えていた。

「想も念も捨てて息を調えれば、さまざまな音が聞こえてきます。ほら、湧き水の音が」

鵬斎は、耳澄ましてみたが何も聞こえなかった。

「無念無想の境地とは、無に拘泥し凝り固まってしまうことではありません。すっからかんに成り切ると花開き地に墜ちる音、もみじ葉の枯れる音、草伸びる音、遠く玉島の円通寺の鐘の音、賑わいの消えた浜辺の静寂の音、あらゆる音が聞こえます」

鵬斎は、「それは心耳で聞いているということか」と訊ねた。

良寛が、「いや、そうではありません」と答えた。

「心耳だとか側頭に付いている耳だとか、賢しらな分別は無用なのです。すっからかんになっていると聞こえてくるのです。いや、音の方からすっからかんの私に入ってくるのです。内だとか外だとか、我だとか彼だとかを分ける仕切りがなくなるのです」

鵬斎は、自分も生身を超越し、すっからかんになってさまざまな音を聞いてみたいと思った。それにしても、花咲く、葉枯れる、草伸びる、その音が聞こえるという良寛の受容力に霊妙なものを感じた。目の前の良寛は、いつのどこの次元に在るのか。良寛の鳳眼が鋭く煌めいた。

良寛の酒量は、酒豪で鳴らす鵬斎に比べ格段に少なかった。

良寛は「さて寝るか」と言うと夜具を二つ敷き並べ、その一つにさっさと潜りこんでたちまち寝息を立てた。鵬斎は残りの酒を独り飲みつづけた。そして、良寛の湛える不可思議な神気に心打たれた。

翌朝、鵬斎が起きた時、既に良寛の姿はなかった。小卓に粥と汁と漬物が用意され、書置きが目についた。

鵬斎殿　托鉢に出掛け候

天真を以って新潟のお浦を愛でてやりなされ

いずれまた

鵬斎は燕の他、蒲原の各地を巡り歩いて旅稼ぎに勤しんだ。詩を詠み、揮毫し、時に儒学を講義した。十月半ば、加茂に何日か泊まっていた時、新津の庄屋が下男を差し回してきた。建碑のための撰文を、是非、お願いしたいという頼みだった。鵬斎は庄屋の下男と連れ立って新津に向かった。

庄屋の屋敷に着いて、長井という庄屋から撰文に関わる事績について説明された。新津は、元々乏水地のため、永年村民は飲み水や田畑の用水の不足に悩まされてきた。庄屋は隣村の地形に目を付け、丘陵の先端なら水脈に当たると予想した。隣村の長に話を持ち込み、その許しを得て人を雇い目当ての場所を掘削させたところ見事に水脈を掘り当てた。それが三年前のことで、泉は既に幸清水と名付けられていた。さきしみずのさきは、村民の幸と丘陵の先端の尽きる先、の両方を掛けているとのことだった。鵬斎は庄屋の功績を褒め撰文を約束した。但し、文を起こすため二、三日時間がほしいこと、翌日、幸清水へ案内してもらい現地を検分したいことを希望した。勿論、庄屋は全て承知した。

その夜、鵬斎は撰文の中身に期待する庄屋にもてなされ深酒した。庄屋は酒の勧め上手だったが、本人はそれほど飲めるクチではなかった。

翌日、鵬斎は庄屋に導かれて幸清水に出かけた。きれいな水がモクモクと沸いていた。岩の段々を下りて水を掬い口に運ぶと甘い味がした。庄屋が先に立って幸清水の緩い尾根道を登り始めた。

「この道は秋葉神社へつづく参道です。途中、酒の飲める小店がありますので寄ります」

鵬斎は前夜深酒をしたので気が進まなかった。庄屋は店に着くと勝手に茶碗酒を注文し、腰掛に坐って鵬斎と一碗づつ飲んだ。庄屋は大して飲めないクチなのに、二口で茶碗酒を空け、たちまち真っ赤になった。鵬斎は庄屋ほど酔いはしなかったが、腰掛を立ち上がってから登り始めた参道の勾配が足に応えた。参道の奥に神社が鎮座していた。庄屋は神額を指差してから酔いで真っ赤になった自分の顔を手で扇いだ。

「これが秋葉神社です。火除けの神様ですから真っ赤な顔を扇ぐと酔いが醒めます」

鵬斎は、だらしない酔漢と火除けの神様の取り合わせに可笑しさを堪えた。

庄屋の屋敷に戻ると、庄屋は下男を呼びつけて何か指図した。下男が消えると、庄屋が鵬斎に声をかけた。

「鵬斎先生、明日、下男を新潟まで用事で行かせます。先生も新潟に何か用事がありましたら、何なりと仰せください。川船を使えば日帰りできるのです」

鵬斎はしばらく考えからハッと思いついた。

「新潟へ手紙を届けてもらえるか。これから手紙は書く」

鵬斎は新潟の常宿、鯛の家の女将宛ての手紙を書いて庄屋に預けた。女将宛ての文面は、仲居のお浦に、暇を与えて、新津にいる自分の所まで寄越してくれないかという頼みだった。秋葉山の遊山を口実に誘いを掛けてみたのだ。お浦一人を寄越すのが不安なら親しい仲居を付き添わせてもよいとし、女将への礼はたっぷり弾むと書き足した。庄屋は下男に翌日、女将から鵬斎への返事をもらってくるよう指示した。

翌日、鵬斎は撰文に取り組んだ。

夜、庄屋に注がれて酒を飲み始めて間もなく下男が新潟から帰って来た。下男は庄屋の前に正座し、懐から折った紙を取り出して庄屋に渡した。庄屋はそれをすぐに鵬斎に差し出した。

近々、お浦を先生に差し向けます　鯛の家のおかみ

擦れたような覚束ない文字が連なっていたが、鵬斎は女将の返事に喜んだ。しかし、「近々」という漠然とした言い方が、具体的にいつ頃までを指すのか心許ない気もした。

次の日、鵬斎は広い座敷で筆を執った。庄屋やその家族が筆の運びを注視していた。

北越新津長井氏郷之長也。一郷水乏、居民憂之久哉。……

長大喜雇人之掘、深數仞而獲泉。其水沸騰而溢、其味清冽而甘。……

かなりの長文だったが、末尾に天と郷の長を並置して筆を置いた。

……非天之賜、孰得斯泉。非長之徳、孰協斯天。

天の恩沢なければ、どうして泉が得られただろう。長の人徳なければ、どうして天が助けただろう。

庄屋は感激の余り、涙目になって喜んだ。

「鵬斎先生。素晴らしい文章をありがとうございました。特に最後のところに恐懼感激いたしました。幸清水を掘り当てることができましたのも、誠に天恩と天祐によるものでございます」

鵬斎が「天が導いてくれたのも、庄屋殿の人徳あったればこそではないか」と言って庄屋の手を握った。地に足の着いた企図が導いた民の救済。江戸には伝わらない儒学の尊い実践がここにあるではないか。鵬斎は、まるで実践力の伴わない無能な儒者に過ぎない自分を心底卑下した。

二日後、思ったより早くお浦と女将が庄屋の屋敷に訪ねて来た。お浦が一人で来るとは思わなかったが、まさか女将が一緒に来るとは思ってもいなかった。鵬斎は、女将が目付け役として付き添って来たとすれば、気の重いことだと嘆いた。しかし、いや待てよ、とも思った。女将は、鵬斎のお浦に寄せる恋慕の情を察していて、上客である鵬斎の加勢をしてくれるのではないかと虫のよいことも考えた。

鵬斎は、お浦と女将を秋葉山に連れ出した。途中、幸清水に寄って喉を潤した。お浦も女将も沸き出す水の勢いに見惚れ「おいしい水だ」と褒めそやした。鵬斎は庄屋の尽力で清水が掘り当てられたこと、庄屋の功績を讃える碑文を自分が作って揮毫したことを告げた。女将が「さぞ立派な碑が建つのでしょうね。碑が建ったら、是非、見に来たいものです」と興味を示した。お浦は碑文にも建碑にも興味がないようだった。三人は尾根伝いに秋葉神社に向かった。女将は自分の足許も覚束なげなのに「先生、お浦の手を引っ張ってやりなされ」と嗾けた。鵬斎は照れ臭そうにお浦の手を握って引っ張った。お浦も気恥ずかしげながらも鵬斎の手に縋った。お浦の手は水仕事もしているはずなのに柔らかく温かった。

鵬斎の胸の内は喜びでいっぱいだった。これぞ天真の恋、色気抜きの純情だとお浦の手を強く握った。

秋葉神社に詣で、柏手を打って参道を下った。前に庄屋が酔っぱらった小店に寄って昼餉を食べることにした。三人並んで腰掛に坐り、注文した握り飯と味噌田楽を食べた。一望の平野が尽きた彼方に横に長い二重の山並みが霞んで見えた。

鵬斎が額に手を翳し「遠くに見える山はどこの山か」と女将に訊ねた。

女将が「佐渡ですね」と答えた。鵬斎は島にしては意外と大きく見えるなと改めて感心し、佐渡で過ごした日々を思い浮かべた。そして、お浦の薄青い瞳を覗きこみながら訊ねた。

「お浦の父さんは佐渡の出身だと聞いたが、佐渡のどこなのか」

お浦が自信なさげに答えた。

「外海府と聞いております。私は行ったことがありません」

鵬斎がポンと手を打ってうなずいた。

「春に佐渡へ行った時に教えられた。昔、外海府に海を渡って来た異人の来島があったと。お浦、お前さんの目が青いのは異人の血が混じっているせいではないのか。父さんも目が青いのか」

お浦が拗(す)ねたような顔つきで答えた。

「父は黒い目です。曾祖母の目は青かったとか。私は曾祖母に会ったこともないので確かなことは知りません」

鵬斎は、李白や胡姫のことを思い描き、お浦との話の遣り取りが豊かなものに広がればとも期待していた。

女将が横から口を出した。

「鵬斎先生、お浦は自分の目が青いことを堪えがたいことだと思ってきました。近所の大人や子供からも無慈悲で邪険な扱いを受けることが多々あったのです。あまり詮索されぬ方がよろしいかと。幸い鯛の家では、お浦の目について云々するバカ者はいませんが」

女将の言葉には鵬斎に対する叱責の気味が籠っていた。鵬斎は踏みこんではならぬ忌避に触れてしまったのだと思い知らされた。

お浦が「鯛の家では皆さんによくしてもらっています」と女将に頭を下げた。そして、鵬斎には険しい表情を向けた。女将が成り行きを取り成すように声を高めた。

「お浦のご先祖様は、毎日、海を眺めていたので、海の色が目に染みこんだのさ。そうだろ、お浦」

お浦はこくりとうなずいた。小店の腰掛を立ってからのお浦と女将の態度はよそよそしかった。鵬斎は、天真の恋も独り善がりの片恋で終わったと悔やんだ。お浦を江戸に連れ帰って存分に愛でてやろうなどと目論んだ浮ついた気持ちはすっかり萎えてしまった。


鵬斎は、お浦や女将と気まずく別れた後も、庄屋宅に何日か泊まり、新津近郷の有力者を訪ね歩いた。庄屋宅を辞した後、新潟へ赴き古い弟子筋の縁者などを訪ねた。新潟に何泊かしたが、鯛の家に宿は取らなかったし、近づくことも避けた。お浦に対する実りのない思いをしっかり断ち切ると、背筋がしゃんと伸びて気持ちが前に向くような気がした。

この旅の目的を、もう一度、思い返してみた。人生の新たな境地を求め、高邁な次元を目指す、それが旅の本来の目的ではなかったか。鵬斎は超脱、蝉蛻という言葉を改めて噛み締めた。

鵬斎は文化八年の元旦を以前世話になった燕の地主の家で迎えた。文化六年春に江戸を発ち、信濃を経て越後、佐渡を巡る旅は早や足掛け三年目に入っていた。地主宅では暮れから連日の饗応を受け、川の如き酒と山の如き魚が鵬斎の旅愁を忘れさせた。江戸では、息子の綾瀬が旧宅の近く、下谷金杉大塚の広い借地に家を新築し鵬斎の帰りを待っていた。

鵬斎は大雪のため二月下旬まで地主の家で世話になり、その後、蒲原や古志の町村を巡り歩いた。四月には国上に近い地蔵堂の町で造り酒屋のために「瀏水亭」を揮毫した。地蔵堂から国上の五合庵までの道程は一里余りだった。鵬斎は造り酒屋で一泊し、翌日、昼から良寛の五合庵に向かった。

鵬斎が五合庵の入り口に立つと良寛は外を向いて座禅を組んでいた。良寛は鵬斎の気配に気づくと半眼を開き、「鵬斎殿、よく来なさった。いずれまた来ると思っていました」と口を開いた。鵬斎は部屋に上がり、造り酒屋でもらってきた二人分の弁当と酒の入った徳利を置いた。良寛は、しばらく座禅を組んでいたが、鵬斎が「相変わらず、よく坐るものだ」と感心すると、結跏趺坐を崩し「一生懸命」と呟いた。そして、つづけた。

「解脱したの、悟ったのとふんぞり返っても、油断すれば底が抜けます。死ぬまで修行、死ぬまで打坐、命懸けです」

鵬斎が訊ねた。

「この冬の大雪、山の中は大変だったろう。春になって陽気もよくなったから托鉢の足取りも軽いのではないか」

「春になると天地がまるで解脱したように目を覚まし、花咲き草萌える音が聞こえます。托鉢に出れば子供らが私を待っていてくれます。仏恩、仏恩、嬉しくもありがたいことです」

良寛は立ち上がって部屋の隅から書道具を持ってきた。墨を磨ってからおもむろに詩を書いた。

日日日日又日々　間伴兒童送此身
袖裏毬子両三箇　無能飽酔太平春

鵬斎は、「日」の字六つの連なりに意表を衝かれた。良寛が低い声で説いた。

「無常とは悲しむべきものではありません。昨日もさっさと過ぎて行く。今日もさっさと過ぎて行く。明日もさっさと過ぎて行く。無常という理があるからこそ、日々が流転し、新たなる日々が甦るのです。子供らと遊び、太平の春に浸る私は無常の中に在って日々新たなりを味わっています。かけがえのないこの境地を私は大いなる至福と受け止めております」

鵬斎は、子供らと毬突きをして遊ぶ良寛の至り得た境地が羨ましくもあったが、真似する気にもなれなかった。

鵬斎も「越後へ来る前に作った詩を一つ。江戸での情景を詠んだものだ」と筆を執った。

春風陌上欹烏帽　被酒放歌拍手行
兒童認識齋相笑　笑指金杉醉學生
醒來飲酒醉來眠　此法不仙又不禅

「金杉酔學生の金杉とは、私の住んでいる江戸下谷の金杉のことだ。酔學生とは、無論、私のこと。あんたと遊ぶ無邪気な子供たちと違い、金杉の子供たちは飲んだくれの私を馬鹿にして囃し立てる。辛辣なものだ」

良寛が笑みを浮かべた。

「醒めては飲み、酔っては眠る。酒豪のあなたらしくていい。そして、仙にあらず禅にあらず、という表現が洒脱です」

鵬斎は今夜が良寛と語り合う最後の機会だと思っていた。自分の今後の生き方について少しでも有益な示唆が得られたらと期待していたのだ。ところが、良寛は鵬斎の期待も知らぬげに訊ねた。

「鵬斎殿、あなたの名前は荘子の『逍遥遊』から採ったのでしょう。北冥に魚あり。その名を鯤と為す。鯤の大いさ幾千里なるを知らず……」

鵬斎が唱和し二人の声が重なった。

「……化して鳥と為る時、その名を鵬と為す。鵬の背幾千里なるを知らず。怒りて飛べば、その翼は空に垂れる雲のごとし。この鳥海運く時、まさに南の冥に徒らんとす……」

良寛が声を止めたので鵬斎も声を細めて止めた。

「私は仏僧だが荘子も学びました。荘子に溺れることはなかったが、この詩は好きです。鵬の飛ぶ世界は想像を越えた果てしのない世界でありながら、しかも歴然たるこの世以外のどこでもないのです。仏僧の自分が言うのもお門違いなのかもしれませんが、鵬が飛ぶのは彼岸でも他世でもないこの世界だと思います」

良寛が、もう一度、筆を執って大書した。

天上大風

「この風は野面を渡ったり、海山を渡る風ではありません。まさに鵬を乗せて南へ運ぶような、遥か上空を天地開闢以来吹きつづける風です。ところで鵬斎殿、あなたが鵬と号するようになったのはいつからですか。儒学を教える学者にふさわしくないような気もしますが」

「三十歳過ぎてからのこと、異学の五鬼の一人に数えられる以前のことだ」

「儒学者でありながら、同時に老荘にも嵌まっていたということですか」

「いや、二股掛けていた訳ではない。話は簡単だ。自分の旧い名前が翼だったので、一歩進めて鵬を名乗るようになっただけだ。しかし、異学の鬼の一人とされ失意の底に低迷していたころから老荘にも親しみを覚えるようになった。力を抜いて生きて行く、そこに魅せられた」

良寛が、鵬斎の持ちこんだ酒を取りに行って、目の前に茶碗も置いた。

「鵬斎殿、手酌で飲みましょう」

良寛は自分の茶碗に溢れそうなほど酒を注いだ。手に持った茶碗に恐る恐る首を伸ばし唇を突き出して一口啜った。鵬斎は腰の引けた良寛の仕草を見て、改めて良寛が本物の酒飲みではないなと思った。鵬斎は自分の茶碗にほどよい量の酒を注ぎクイと飲み干した。良寛が鵬斎のきれいな飲みっぷりに目を細めた後、話を継いだ。

「先ほど、あなたは『力を抜いて生きて行く』と申された。荘子の説くところを端的に捉えていると思います。しかし円通寺で十余年坐り抜いた私からすると、その表現に物足りなさや危うさを感じます。『力を抜いてただ生きているだけ』という言い方に変えたら、一体、その人生とは何なのでしょうか」

鵬斎が、しばらく間を置いて口を開いた。

「欲得ずくを去って『無為自然』という大きな理に則っているのであれば、ただ生きるというのとは違うのではないか」

良寛が珍しく鵬斎の茶碗に酒を注いだ。

「グッと空けてください。遠慮なく。荘子は、人生を『不繋の舟』に譬えています。流れに身を任せ、漂うがままの人生。自由といえば自由、退屈といえば退屈な人生。まさに、ただ生きているだけ。あなたは、そういう人生を欲しますか」

鵬斎は、肯定も否定もできぬまま黙って酒を飲んだ。良寛こそ気随気ままな『不繋の舟』のように見えた。

「昔、長崎に行脚した時に聞いた話があります。長崎に出入りするオランダ人が伝えたプロシアの民話です。

――山奥で鹿を追っていた猟師が崖から転落して気を失った。目を覚ましたら舟の中に横たわっていた。舟人に舟がどこまで行くのか訊ねた。舟人が答えた。この舟には行き先も着くべき岸もない。この舟は三途の川を漂うばかりで、三途の川を渡ることはない。三途の川の川流れがこの舟だ。横たわっている猟師は舟人の答えに戸惑ったが、為すすべもなく舟に揺られつづけた――

鵬斎殿は、この話をどう受け取られますか。荘子の説く『不繋の舟』のような生き方は、皮肉にもこの猟師が陥った二進も三進も行かない窮地のようなものではないでしょうか。

いや、この民話を裏返してみると、俗人の延命願望や永生願望の匂いがします。長生きできさえすればいい、いつまでもどこまでも、ただただ生きつづけたい。荘子の説く生き方は、あり得るはずのない霊魂不滅の反映のようにも思われます。超越も飛躍もない。前途を切り開こうという意欲も見られない。私は厳しい修行の末、国仙和尚から印可を授かりました。すっからかんを体得したということです。しかし、そこで終わり、であれば荘子の説く生き方や舟に揺られつづける猟師と同じだけのことです。すっからかんの空っぽでは、単なる空疎に過ぎません。禅僧には解脱した後の大事な務めがあります。荘子の思想は隠者の思想で、利他の精神とは無縁です。仏僧ならば、すっからかんの空っぽという己を介して利他行に邁進しなければなりません。在家の衆生を教化し済度する、これ抜きにして仏僧の存在価値はありません。私が行乞乞食のために村々を行脚し、布施を受けるのも子供らと遊ぶのも、今こうしてあなたと酒を飲むのも全て私というすっからかんを介した仏恩の授受なのです」

鵬斎は、宙ぶらりんの状態のまま生きつづけなければならない猟師に同情し、その定めに恐怖さえ覚えた。そして、酒の注がれた茶碗をしみじみと眺め、これが仏恩かと不思議な気がした。

「ところで鵬斎殿。新潟の鯛の家のお浦とのことはどうなりましたか」

鵬斎は忌々しい気分のまま正直に「不首尾に終わった」と答えた。

良寛が残念そうな顔をした。

「天真から発した恋なら、うまく運ぶと思いましたが」

鵬斎が茶碗にたっぷり酒を注ぎ一気に飲み干した。

「私は自分なりに純な恋のつもりだったが、受け入れてもらえなかった」

お浦の薄青い瞳に纏わることには一切触れなかった。

「お浦の本音は、江戸の腐れ儒者よりも、新潟の船大工なんかと所帯を持つ方が幸せだということのようだ」

その後、二人の酒は何となく侘しいものになった。鵬斎は、床に就こうとする良寛に一つだけ問うた。言葉つきが丁寧なものに変わっていた。

「これまで良寛さんにはいろいろ勉強させていただいた。お礼申し上げます。最後にお訊ねします。『不繋の舟』のあてどなさ、猟師の三途の川の川流れ。荘子流の生きざまに良寛さんは否定的なようだが、では、良寛さんは彼岸や浄土に至り着けると確信しているのですか」

良寛が咳払いしてからぴしゃりと答えた。

「打坐即涅槃」

鵬斎は、秋半ばころまで蒲原や魚沼、信濃を巡り歩いた。行く先々で歓待され、夜毎、鵬斎を上座に据えた酒盛りが繰り広げられた。興に乗ると酔いに任せて、信濃や越後を織りこんだ歌を揮毫し、もてなす側に喜ばれた。

さらしな　こしぢの月雪も　酒がなければただのとこ
劉伯倫や李太白　酒をのまねばただのひと

文化八年の暮、鵬斎は足掛け三年の旅を終え江戸に帰り着いた。息子の綾瀬が鵬斎の留守中に千坪余りの借地に家を新築していた。新居は鵬斎が旅立った旧居からほど近い下谷金杉大塚で石稲荷に向かい合っていた。鵬斎宅の隣には浮世絵師の北尾重政(しげまさ)が住み、三町足らず離れた同じ大塚に酒井抱一も移り住んでいた。

鵬斎は旅から帰って間もなく抱一の屋敷を訪ねた。越後や佐渡の土産話を開陳した。越後の枯れ田を襲う吹雪の凄まじさ、佐渡の荒れた海の猛々しさなど風土の厳しさなどを明かす一方、各地で行った講義や自作の作物の頒布が人々の人気を博したことも話した。

抱一が訊ねた。

「旅を通して人生の新しい境地は開けましたか」

鵬斎は頭を掻きながら「せめて蝉の脱皮くらいは果たしたかったのですが無理でした。書画会の開催やあちこちの大物のもてなしを受けるのにかまけて旅の肝腎な目的の成就は疎かになりました。面目ない」と答えた。

そして、話を良寛のことに転じた。良寛は十年余り坐り抜いて印可を受けた禅僧で、深い知識と教養に溢れた傑物だと紹介した。

抱一が訊ねた。

「良寛とやら。聞いたことのない名前だ。余ほど大寺の住職か」

「国上山の小庵に住む痩せた禅僧で寺も檀家も持ちません」

抱一が不思議そうな顔をした。

「傑物でありながら寺も檀家も持たないとは妙な坊さんだ。まさか霞を食って生きてる訳もあるまいに」

鵬斎が答えた。

「托鉢に明け暮れております。托鉢によって布施を受けることが衆生を教化済度することだと申しておりました。托鉢のついでに子供らとかくれんぼなどするのも好きだそうで、それも下化衆生だとのことです」

抱一は「子供とかくれんぼするとは面白そうな坊さんだ」と興味を示した。

鵬斎が「良寛はこんな話もしました」とつづけた。

「荘子の『不繋の舟』についてです。『不繋の舟』という生き方は自由のように見えるが、決してそうではないと。際限もなく漂いつづけるのは自由ではないと。良寛はプロシアの民話まで持ち出しました。狩りに出た猟師が崖から落ちて気を失った。目を覚ましたら舟の中に横たわっていた。猟師が舟人にその舟の行き先を訊ねたら、この舟はどこにも着くことはない。永遠に水に浮いているだけだと答えたそうです。三途の川の川流れということでしょう。私には三途の川を永遠に漂いつづけるという生き方に恐怖さえ覚えます。良寛は荘子の『不繋の舟』やプロシアの『猟師』の話も根っこは同じと言い、救いのない話だと断じました。そして、自分の生きざまを端的にこう表現しました。『打坐即涅槃』と。上人は良寛の言わんとするところをどのように考えますか」

抱一は、しばらく思いあぐねてから剃った頭をツルリと撫でながら答えた。

「猟師の話は初耳だが私にとっても興味深いものです。しかし、私は侍をやめ頭を丸めた人間ですから、荘子の説く人生も猟師の生きざまも仏僧として否定的に受け取らざるを得ません。私には目指すべき浄土というものがちゃんとあります。良寛の言う『打坐即涅槃』について私は禅の修行を積んだことがないので実感として理解できません。私は浄土真宗の僧侶として得度しました。寄り着く岸もなく漂いつづけるということはあり得ません。念仏を唱えて、しっかり浄土に行き着くのです。禅者である良寛の言う『涅槃』と真宗の『浄土』が同じものかどうかはわかりませんが、いずれにしろ仏僧も衆生も必ずや到り着く岸があるのです。私は阿弥陀様の本願力を信じ、絵師として精進し、絵筆を介して浄土を現世の画布の上に具現したいのです。尾形光琳の描く波や水の流れは現世のものではありません。浄土に寄せ返す波やたおやかな水の流れを象徴化したものです。非力な私が目指すのもそこなのです」

鵬斎は、良寛の涅槃と抱一の浄土が同じものなのか違うものなのか判断できなかった。しかし、到り着くべき岸がある良寛と抱一が羨ましかった。抱一が柔らかな口調で言った。

「鵬斎殿。あなたの浄土もきっとあるはずです。しっかり掴み取るべきです」

文化九年の春、越後の良寛は五合庵から江戸に向けて旅立った。良寛が旅に出た理由はいくつかあった。一つは出雲崎出身で深谷の寺の住職を務めていた大忍和尚の墓を参ることだった。大忍和尚は良寛より遥かに若かったが、良寛のよき理解者で、二人の心は深いところで通じ合っていた。惜しいことに大忍和尚は、前年、三十歳の若さで亡くなっていた。他にも交流のあった何人かの江戸の墓を参るつもりだった。もう一つ大きな理由があった。前年の秋、良寛が托鉢のため新潟まで足を伸ばし鯛の家に寄った時、女将から思いがけないことを打ち明けられた。仲居のお浦が江戸板橋の飯盛旅籠に売られたとのことだった。良寛は、不首尾に終わったとはいえ、一度はお浦に惚れた鵬斎にそのことを知らせるべきだと考えた。板橋に行って、お浦の消息と現況を確かめること、その上で鵬斎を訪ね、お浦に降りかかった身の上について伝えること、それが良寛が旅に出た一番の理由だった。一連の経緯を伝えられた鵬斎が、お浦のことを無下に打ち捨てることはなかろうと思ったが、不安も残った。

旅に出て十日目、良寛は戸田の渡しを渡って板橋に着いた。板橋でいくつかの飯盛旅籠に当たり、亭主や女将にお浦のことを訊ねた。越後の出で新潟の宿屋の仲居をしていたお浦という女が、今、どこの飯盛旅籠にいるか教えてほしいと頼んだ。帰ってくる返事はどれもほぼ同じだった。越後出の女は板橋に大勢いるし、お浦などという昔の名前は板橋に売られてくる時、別の名前に変えられているはずだから何の手掛かりにもならないとあしらわれた。結局、良寛の探索は無駄に終わり、駒込まで行って禅寺に泊めてもらった。

次の朝、良寛は一晩世話になった禅寺から金杉に向かった。金杉界隈に入って、すれ違った住人に鵬斎の居宅を訊ねた。住人は来た道を振り返った。

「風顚の酔学生、鵬斎先生のお宅かね。この村道を道なりに行くと右手に石稲荷があります。その真向かいが先生のお宅です」

良寛には、風顚の酔学生という不躾な表現が、むしろ飾り気のない鵬斎の人気を物語っているようにも思われた。二町ほど歩くと石稲荷の前に着いたので、向かいの生け垣に囲まれた屋敷に入った。玄関に入って案内を乞うと、鵬斎の娘なのか息子の嫁なのか、若い女が出て来て応対した。

「鵬斎先生は、只今、お隣りの絵師、北尾重政様のお宅にお邪魔しております。直接、お伺いなさいませ」

女は良寛のくたびれた僧衣を見て、訝しげな目つきをした。

良寛は隣りの屋敷に入り玄関から中に声をかけた。何度声を上げても誰も出て来なかった。良寛は無礼とは思いながらもヒソヒソ声のする部屋へ入って行った。画室と思われる部屋に前をはだけた着物の女と三人の男がいた。男の一人は鵬斎だった。妙齢の女は、片肘を後ろに突いて秘所を露わに横坐りしていた。女に正対した若い男が細筆を宙に止めたまま動かなかった。いきなり良寛が若者の筆を取って画紙の上に繊毛を描いていった。霞むように描かれた繊毛は目の前の実物以上に画紙の上で映えた。指南役の北尾重政が「ほー」と感嘆の声を上げ、良寛の顔を見遣った。鵬斎が「良寛さん、どうしてここに」と驚きの声を上げた。良寛は呆気に取られる若者に筆を返し、何事もなかったかのように鵬斎に躙り寄って耳打ちした。鵬斎は目を白黒させながら「その件ならここではまずい」と呟き、「皆さん、お先に」と言い置いて良寛の腕を引っ張った。良寛は女の妖艶な姿態に一瞥をくれ、「眼福の至りでありました」と言って合掌した。鵬斎が良寛を連れて自宅に戻った。二人は座敷で向かい合いに坐った。良寛が新潟のお浦の身の上の変化について切り出した。

「鵬斎殿。新潟の鯛の家のお浦が、どこにいると思いますか」

鵬斎は江戸に連れて帰れなかった女がどこにいようが自分には関わりないと思った。

「お浦は新潟で船大工とでも一緒になりたいと言っていた。まだ嫁に行かぬなら、当然、鯛の家で働いているのだろう」

良寛が、いやいやと手を振った。

「お浦は、今、江戸にいます。板橋の飯盛旅籠に売られたのです」

鵬斎は腰を抜かさんばかりに驚いた。

「お浦の父親は船乗りでした。去年の夏、父親が乗り組んでいた佐渡通いの船が突風に煽られて信濃川の河口で沈みました。河口は川の流れと海の波がせめぎ合う難所だとか。お浦の父親と仲間の五人皆死んだそうです。父親の遭難を境に、お浦の身の上は暗転しました。お定まりの惨めな行路を選ばざるを得なかったようです。秋には板橋で稼ぐようになったとか」

鵬斎は自分が江戸に戻ったのが去年の暮れだったから、むしろ、お浦の方が鵬斎より早く江戸に来たのだと思い、意外な気がした。

「お浦は残された母や三人の弟妹のために江戸に出ることを厭わなかったそうです。女衒を頼って江戸に出た方が、家族の受け取る前借り金が多くなるという算段もあったようです。家族を助けるため身を売って借りを返す、誠に健気な娘ではありませんか」

鵬斎は新津でお浦に会った時、何としてでもお浦を自分の方に引き寄せる工夫を考えればよかったと悔やんだ。飯盛女として江戸に売られたのと、自分と一緒に江戸で暮らすのとでは雲泥の差だとお浦の変転を憐れんだ。鵬斎は、お浦を悪所から救い出す覚悟を決めた。覚悟は決めたが、板橋での良寛の探索が烏有に帰したことを聞かされると困惑した。しばらく沈黙がつづいた後、突然、鵬斎が大きな声を上げた。

「明日、私が板橋へ行く」

良寛は無駄足にならねばよいがと首尾を案じた。

夕方近くなって、鵬斎は良寛に何日でも泊まってゆけと勧めた。しかし、良寛は断った。

「お浦の話を聞いてもらって少し肩の荷が下りました。後は鵬斎殿のご尽力に任せるしかありません。私は托鉢という修行もありますし、江戸には泊めてもらえる寺が五万とありますから、当分、こちらに泊めてもらうつもりはありません。ただ、こちらへはちょくちょく顔を出すつもりです」

鵬斎も良寛の務めを理解していたので、強いて引き止めなかった。

鵬斎は、翌日、板橋へ足を運んだ。鵬斎には良寛に明かさなかった成算があった。仲宿の本陣近く、飯盛旅籠と思われる旅籠に入って女将に訊ねた。女将は、女の出身地や変えたかもしれない名前は消息を探す何の手掛かりにもならないとそっけなく答えた。鵬斎は「十七、八歳で目が薄青い女なんだが」とつづけた。女将が「エッ」と驚いてから教えてくれた。

「青目なら、この先の梅田屋にいた女だ。さっさと住み替えになったようだが、どこに飛ばされたか、梅田屋に直接聞くといい」

鵬斎は女将の「青目」というぞんざいな表現が気に食わなかったが、「目の薄青い女」という手掛かりが図に当たったことを喜んだ。

梅田屋では亭主が、客でもない鵬斎に冷ややかな態度を示したが、必要なことは教えてくれた。

「青目は内藤新宿に住み替えになった。こちらの商売上の都合で転売したということだ。売った先は弁天屋という飯盛旅籠だ。名前は変わっただろうが、『青目』と訊ねれば本人にも会えるだろう」

鵬斎は、きっとお浦に会えるぞと胸躍らせた。しかし、その日の内に内藤新宿に迂回するのは無理だった。

翌日昼過ぎ、鵬斎は内藤新宿の弁天屋を訪ねた。人の好さそうな女将は、すぐに「青海」と呼ばれる女に引き合わせてくれた。「青海」は紛う方ない新潟の鯛の家にいたお浦だった。不本意な身の上でありながら、お浦は薄青い瞳を輝かせ、屈託のない笑みを鵬斎に向けた。肌の色つやも悪くなかった。

「お浦、いや青海か。いやいや、やっぱりあんたはお浦だ。まさか、飯盛旅籠で働いているとは」

お浦が恥ずかしげに応じた。

「こんな所で働いております。先生から見れば、さぞ醜い女と映るでしょう」

「そんなことはない。家族のために自ら犠牲になったと聞いている。誠に見上げた心根だ」

鵬斎は、お浦の薄青い瞳を懐かしそうに見つめた。

「まさか、お浦が江戸にいるとは想像もしてなかった。そのことは金杉の私の家を訪ねて来た良寛が教えてくれた。お浦どうだ、どうせ江戸にいるなら旅籠でなくて私の家に入らないか」

お浦は突然の申し出に困惑の色を浮かべながら答えた。

「勿体ないお話、ありがたいことです。でも、鯛の家で仲居をしていた時、先生に申し上げました。新潟を離れて江戸へ出る気はないと。先生のような大学者でなく職人に添い遂げたいと。それが今ではこの有様。新潟だ、職人だ、どころか江戸の飯盛旅籠で働く女郎に成り下がりました。先生には蔑まされこそすれ、見上げた心根などと褒めてもらうのもお恥ずかしい。江戸住まいも女郎稼ぎも好きではありません。でも、この身体で借りを返さなければ、ここから抜け出すことはできません」

鵬斎は、仕事が女郎では、お浦が江戸を嫌いになるのも無理はないと思った。

「先生、私が先生の家に入るなどとは滅相もないことです。そうではなく、お金を払って私を抱いてください。遊んでいただけるなら、私にとっても店にとっても喜ばしい限りなんですが」

鵬斎は、「遊んでいただけるなら」という蓮っ葉な言い草に舌打ちした。お浦が自分の家に入ってくれるなら、天真から愛でてやるのにと思った。とにかく時間をかけてお浦を自分の方に靡かせるしかないと思った。

暑さの募るある日、良寛が鵬斎の家に久しぶりに姿を現した。鵬斎は良寛を居間に通し、お浦のことについて話した。お浦が板橋から内藤新宿に住み替えになっていたこと、名前が青海に変わっていたことなどを明かした。良寛は「よく探し当てましたな」と感心し「鵬斎殿、この先お浦をどう扱うつもりですか」と訊ねた。鵬斎は「旅籠との金の相談もしなければならぬだろうし、肝腎なのはお浦の胸の内だ」

良寛が強い口調で「鵬斎殿に今も天真純情の思いがあれば、きっと、お浦はあなたに傾きますよ」と励ましてくれた。そして、良寛は自分の予定を告げた。暑さの収まる処暑の日に越後へ向けて帰途に就くということだった。それを聞いた鵬斎は前から抱いていた腹案を良寛に打ち明けた。

「良寛さん。前から考えていたことだが、帰る前の晩はこの家に泊まりなさい。大したもてなしはできないが、送別会を開こう。あんたに興味を持っている人物も呼び寄せる。それは酒井抱一という真宗の上人で絵師でもある。是非、泊まりなさい」

良寛は、自分に興味を持つ人物という言葉に惹かれ、鵬斎の家に泊まることを約束した。

処暑の日の前の晩、鵬斎宅に良寛が泊まり、翌朝、江戸を後にするということで話は決まった。

鵬斎は、酒井抱一と隣に住む北尾重政に良寛の送別会への出席を頼んでみた。抱一は即座に快諾してくれた。北尾は、その晩、別の用事があるとのことで出席を断ったが、代わりに弟子の御用絵師、鍬形恵斎を出席させると約束してくれた。鍬形恵斎は津山藩の御用絵師に抜擢された人物で、『江戸名所之絵』や津山城の襖絵『江戸一日図』を描いていた。

何年か前に、料亭八百善で鵬斎は、大田南畝、大窪詩仏、鍬形恵斎の四人で卓袱料理を囲んで酒を酌み交わしたこともあった。恵斎は、卓袱料理を囲む四人の姿も描いていた。殿様に仕えて津山に赴いたのは一度だけで、日ごろは江戸で活動していた。

送別会の晩、鵬斎の家に予定通り良寛、抱一、惠斎が集まって膳に就いた。料亭から呼んだ料理人に作らせた佳肴、珍味に皆が舌鼓を打ち酒を酌み交わした。下戸の抱一は盃を伏せたままだったが、場の雰囲気を楽しんでいた。良寛とは、彼我の宗派の特色や念仏や座禅、浄土や涅槃などについて話が弾んでいた。鵬斎は、惠斎に津山のことを聞いたり、「江戸名所之絵」を褒めそやしたりした。惠斎の口から意外なことも聞いた。大窪詩仏を介して惠斎とも交友のあった小島梅外についてのことだった。梅外は、結局、新潟の娼妓お富士に振られ、脱奔小路と呼ばれる娼窟の女たちと放蕩を繰り返した挙句、江戸に逃げ帰ったという。鵬斎は、その話を聞いて複雑な気分に陥った。酒の強い惠斎は、鵬斎の尖った楷書が好きだと言いながらグイグイ盃を空けた。

鵬斎は、会が佳境に達したころ合いを見計らって提案してみた。

「皆さん、酔っぱらう前に一つお願があります。下戸の抱一上人は素面ですから別ですが。折角の機会と顔触れです。筆と紙を用意してあります。短い文言で結構ですので揮毫してください。揮毫したら、その文言について解説というか講釈をお願いします。そして、皆さんが終わったら互いの書を交換しましょう。よい記念になるかと思います」

鵬斎の提案に異論を挟む者はいなかった。

一番手は酔って調子づいた惠斎だった。速い筆遣いで書いた小気味のよい楷書の文字は四文字。

惠斎は墨書した紙を両手で掲げた。

「私は、この世に存在するあらゆるもの、どこにでもいる有象無象を含むあらゆるものを描き尽くしたいと思って筆を執っております。二年前、私は、お殿様の国元帰還に随行して津山まで参りました。随行の前の年、私は城中の襖絵を描くことを仰せつかり、先に描いてあった『江戸名所之絵』を原画として『江戸一目図』を描きました。国元に大江戸の息吹を伝える天地六尺、左右二間にも及ぶ絵で、原画とは比べものにならぬ大作です。その絵を津山に搬送し、城の襖絵に仕立て上げた訳ですから、皆様にお見せできないのは残念ですが、我ながら天晴な出来栄えだったと自負しております。私が江戸の町を描く時、腐心するのはこの世の現実を細大漏らさずこの世の画紙に落とすことです。城や武家屋敷はもとより、大名行列や中坂を上る町人や大八車、河岸に集う無数の舟や魚の競り場、諏訪台では男女の花見客が酒食を楽しみ、日本堤では遊冶郎たちが嬉しげな足取りで吉原に向かう、それらいちいちを描き切るのが私の務めです。極言すれば現世に生きる一人ひとり、一木一草まで描き尽くしたいと念じております。そして、大事なことは、人や物の姿形を模写するのではなく、その風情や心神を掴み取ることなのです」

鵬斎は、惠斎が出来栄えを自負する「江戸一目図」を見てみたいと思った。原画とされる「江戸名所之絵」の方は見ていたので、惠斎の確かな技量は承知していた。惠斎の技量を以ってすれば、この世のあらゆるものを描き尽くしたいという心意気もうなづけるものがあった。

二番手として良寛が手を挙げた。鵬斎は、良寛は主賓格なのだから最後がいいのにと思ったが、さっさと膳を離れ筆を執った。

旨酒与佳肴　為君尽一盃
不思無量興　今日実幸哉

良寛らしさが溢れた雅趣に富んだ草書だった。抱一が「ほー」と声を上げ感じ入った。良寛が墨書した紙を掲げた。

「目の前の大御馳走に触発されて書きました。こんな御馳走、滅多に食べられるものでありません。白身魚の刺身とイカの塩辛、茄子の煮物が絶品でした。江戸の味、さすがです。料理方も素晴らしいのでしょう。酒がこれまた旨い。皆様の健勝を寿いで一献、また一献。酒肴を味わい皆様と談笑し、ほんに幸せな一夕でした。仏道修行に関わる歌句を揮毫するなり、説教するなりが私にふさわしいのでしょうが、こんな楽しい席では不粋というものです。色即是色、色即是色。旨いものは旨い。どの料理も涅槃の味がしました」

鵬斎は、もっと奥行きのある話を期待していたのでがっかりした。色即是色という妙な言い回しも、解脱した禅者だからできる表現なのか、ひねりを利かせた戯言なのか、鵬斎には評のしようもなかった。涅槃の味という表現も大袈裟な気がした。いずれにせよ、人を食った話の中身に、良寛の剽げた一面を見る思いがした。

鵬斎は次は自分の番だと思い腰を浮かしかけた。ところが抱一が手を伸ばして機先を制した。抱一は太い筆を選んで力強く揮毫した。

水流

太く力感に溢れた文字は抱一の侍時代の気概を髣髴とさせた。絵を描く繊細な筆致とはまるで違う偉丈夫の筆遣いだった。

「今の私は頭丸めて良寛さんと同じ坊さんですが、かつては歴とした侍でした。馬の手綱を取るのも得意でしたから今でも流鏑馬（やぶさめ）程度ならこなす自信があります。いや、武張った話は止めます。今は絵を描くことが本業で、尾形光琳を尊敬し光琳の優れた才能に肖りたいと願っています。特に光琳の描く海波や水の流れに惹かれ、いつの日か、自分も光琳のような水を描きたいものと高望みしております。豊かにうねる海の波、艶やかに曲がりくねる水の流れ、あれはこの世の波や流れではありません。浄土の光景です。私も、是非、浄土に打ち寄せる波や水の流れをこの世の画紙の上に表現したいと思っています。先ほど惠斎殿は現世のあらゆるものを現世の画紙の上に表現したいと言われました。しかし、私は浄土の存在を確信しています。浄土の景物を彩管を介してこの世の画紙の上に具現する、それが画僧である私に課せられた使命なのです」

鵬斎は、抱一が本気で浄土を信じているのだと思った。抱一が絵を描く意味は、浄土を絵筆で先取りすることなのだとも思った。水流と揮毫した意図も納得できた。抱一が膳に戻ると、鵬斎は盃の酒を一気に飲み干した。心地よい気分で紙の前に坐り筆を揮った。

草書の二文字が鵬斎の酔い心地を示していた。骨太でありながら流麗さが籠る、温燗の酒のような味わいのある筆遣いが発揮されていた。鵬斎が紙を掲げ、よく徹る声で二文字について語り始めた。

「私は、自他ともに認める大酒飲みです。大酒飲みですが、乱れるほどは飲みません。今、酔いも妙境に入ったところで、物事がよく見え、頭の働きも円滑そのものです。私は『酔藝』と揮毫しました。この言葉の本意を説明します。これは酔っ払いが酔余に芸をするとか、おどけた酔態をひけらかして悦に入るとかという意味ではありません。一旦、酒の酔いから離れてください。私は、皆様ご承知の通り、俗塵に塗れた町儒者の一人です。ここにおいでの越後の傑僧、良寛様には及びもつかない俗人に過ぎません。良寛様は坐り抜いて解脱された。解脱されながらも、そこに安住することなく今も所構わず座禅を組まれる。打坐即涅槃、私などが到底理解できない境地を実現されておられる尊いお方です。

抱一上人は洒脱な通人でありながら、絵筆を介して、この世に浄土を表現することを目指しておられる。惠斎様はこの世の森羅万象、一木一草を描き尽くそうとされておられる。

皆様、それぞれの道に精進し、高邁な境地を求めて心魂を傾けておられる。誠に見上げた精神に頭が下がります。翻ってこの私とは何なのか。坐り抜いて解脱し、すっからかんの境地に至ることとも無縁、この世に浄土を表現する能力もなく、この世の森羅万象を描き抜く能力もありません。解脱や悟達、横超、蝉の脱皮程度の蝉蛻とも縁のない無頼儒者に他なりません。近ごろは儒学にも倦んでおります。世間体を繕う徳目の数々、大上段に構えた現実遊離の経世済民、その研究や講義が生身の私にとって、どれほどの価値があるのか。詰まるところ、私は非仏非道、儒非儒、不仙不禅のただの俗人。仙人も隠者も私の好むところではありません。竹林に隠れ住んだり、酒屋へ三里などという鄙びた里に俗気満々の私が住めるはずもありません。人生は、日々、喜怒哀楽に満ちております。大口開けて笑える日が、一月にどれほどありましょうか。私事を申せば、私にとっての喜怒哀楽とは、妻を娶った喜び、異学の一人に数えられた怒り、妻や孫娘を失った哀しみ、知友と歓談しながら酒を酌み交わす楽しみ、などなどです。私にとって喜や楽だけが人生ではありません。怒も哀も人生のかけがいのない一齣一齣なのです。喜を謳歌し、怒を押し殺さず、哀から逃げることなく受け止め、楽を心から愉しむ。喜怒哀楽をさまざまな場面で演じ、深く味わう時、そこに人生という『藝』に於ける『酔』が渾々と沸き出すのです。長くなりました。最後に旧作の拙い戯れ歌を披露して締めくくります」

節をつけた鵬斎の声が響いた。

仮の世を仮の世なりと徒にすな
　仮の世ばかり己が世なれば

翌朝、良寛は鵬斎の家から越後への帰途に就いた。鵬斎に「内藤新宿のお浦を引き取って天真から愛でてやりなされ」と言い残して村道に出た。石稲荷に一礼し、緩く曲がる村道の向こうに良寛の後ろ姿は消えた。鵬斎は、お浦を自分の家に引き入れることを固く決意していた。

参考文献

『亀田鵬斎』杉村英治、三樹書房
『江戸詩人傳』徳田武、ぺりかん社
『亀田鵬斎と江戸化政期の文人達』渥美國泰、芸術新聞社
『江戸の文人交友録　亀田鵬斎とその仲間たち』世田谷区立郷土資料館
『亀田鵬斎』岡村浩編著、出雲崎町
『無用者の系譜』唐木順三、筑摩書房
『良寛の思想と精神風土』長谷川洋三、早稲田大学出版部

いつのことか

花崎健二は東京の大学をいくつか受験し希望していた早稲田に合格した。入学するため生まれ育った新潟を初めて離れた。

親許を離れ東京で下宿生活をすることに不安も覚えたが、大学での新たな生活に胸ふくらませていた。下宿は波岡という高校の同級生の兄が学習院を卒業して引き払った四畳半の部屋だった。場所は豊島区の高田本町二丁目、今の目白二丁目、広壮な屋敷も見られる住宅地だが、花崎の下宿はさして広くもないサラリーマン世帯の二階、日当たりの良いことが取り柄の部屋だった。明治通りから少し入った辺りで山手線の目白からはかなり離れていたが、早稲田に通学する花崎にとっては近くを都電が通っているので都合が良かった。その都電は32番系統、荒川車庫前から早稲田を結ぶ路線で、花崎の乗り降りする電停は鬼子母神前だった。鬼子母神の境内に沿う商店街や都電の踏切にはのんびりとした風情が漂っていた。

鬼子母神前で都電に乗れば江戸川を渡って面影橋、次が終点の早稲田、そこから政経学部まで歩いても全部で三十分前後しか掛からなかった。しかし、花崎は大学生になって気がゆるんだのか寝坊する癖がついたため、買い置いたパンも食べずに電停に急ぐことが多かった。下宿でパンを食えなかった時は大学食堂で遅い朝飯のような丼物を食べて腹を宥めた。朝飯に比べ夕飯はきちんと食べた。鬼子母神の脇道に面した食堂で定食を食べることが多かった。母親から夕食は一品物や丼物でなくちゃんと定食を食べるよう手紙で指図されていた。食堂では色の白い東北訛りのかわいい娘が定食を運んでくれたが、その娘とまともに会話を交わすことはなかった。花崎は初心というか若い女の子と親しくする術を知らなかった。

花崎が政経学部の経済学科を選んだのは地域格差の是正や地方振興について勉強したかったからだ。漠然とだが、将来は地方行政の仕事に就きたいと思っていた。ところが親許を離れ独り住まいの夜の時間をもてあます内に好きでもなかった読書に引き込まれて行った。親からの仕送りの内小遣いの額は決して多いものではなかったが、下宿代と食費、そして本代に仕送りの殆どが費やされた。酒は飲めなかったしデートで金を使う機会もなかった。

読む本のジャンルに特にこだわりはなかったが、高校時代に読んで面白かった「猫」の夏目漱石から読みはじめた。漱石の小説の中では人生論的なアプローチをしたものに引かれ、『夢十夜』に不意打ちされる思いがした。まざまざと表現された夢のリアリズム、確かなものとして存るべき存在がいつの間にか変形する。存在や時空が否応なくねじ曲がってしまう、そういう世界に魅せられた。漱石を論ずる本の中で唐木順三に行き当たり、そこから芭蕉やベルグソン、禅の鈴木大拙にまで読書の範囲が広がった。芭蕉の「さび」、ベルグソンの「創造的進化」、大拙の「日本的霊性」、どこまで理解できたか自信はなかったが、どれもまともな理屈では追い付けない人生や存在の深淵を垣間見させてくれた。

最初の内、本は大学の周辺で買った。時々、池袋駅東口にある書店や足を伸ばして西口の書店まで行くこともあった。しかし、書店巡りの町歩きは結局神田神保町に極まった。

神保町に初めて触れたのは高校時代のことだった。

高校二年の夏休み、花崎は同級生と直江津から東京までの徒歩旅行を企てた。その同級生が波岡だった。信越線と高崎線の駅のベンチに寝泊りしながら八日掛かりで東京に辿り着いた。当時はまだ、歴とした国道でも未舗装の砂利道の区間が多く自動車の数も少なかった。随所に北国街道や中山道の面影を偲ばせる風景に出会った。一日で一番長く歩いたのは碓氷峠を下り切って泊まった横川駅から埼玉県の本庄駅までの区間だった。道中、最長の六〇キロ近くを朝六時から夜まで歩き抜いて疲労困憊し駅のベンチに倒れ込んだ。

八日目の朝、花崎と波岡は浦和駅のベンチから起き上がった。いよいよ東京に着くのだと思うと気持ちが昂ぶった。朝から暑かった。蕨で国道沿いの食堂に入り定食を食べた。真っ黒な土間に不揃いなテーブルと椅子を置いた簡素な食堂だったが、定食は旨かった。日本橋まで三十キロ弱、午後遅くまでに悠々着ける筈だった。

荒川に架かる戸田橋を渡るといよいよ東京に入った。花崎はとうとう本州を横断し東京まで来たぞと叫び出したくなった。波岡も「やっと来たな」と満面の笑みを浮かべた。二人は橋のたもとの店に寄り自動販売機のコーラを初めて飲んだ。波岡が炭酸に咽せながら「おお、東京の味だ、東京の味だ」とはしゃいだ。

ダラダラと続く志村坂を上り切った二人を思いがけない脱力感が襲った。目の前の電停に「神田橋」と表示された電車が停まっていた。18というプレートも付いていた。花崎は、波岡に声を掛けた。

「端っことは言えおれ達は間違いなく東京に着いた。直江津からはるばる東京まで歩き通した。おい、もういいだろう。電車に乗ろう」

波岡は花崎の言葉に頷くと同時に電車に向かって駆けだした。花崎も信号を無視して安全地帯に駆け込んだ。二人が乗り込むと電車はすぐ発車した。花崎は神田橋がどこなのか、よく分からなかった。恐らく日本橋に近いのだろうと思った。

ところが、二人は終点の神田橋まで行かなかった。水道橋を過ぎたあたりから古書店が目に付き始めた。波岡が上ずった声をあげた。

「なんか、本屋が多いな。看板だけ見ても面白そうな本屋がいっぱいありそうだ」

花崎も好奇の目を外に向けた。

結局、二人は神保町で電車を降りた。交差する通りの東西に古書店が並んでいた。二人は古書店の数に目を見張った。しかも専門別になっているらしいことに感心した。二人はまともな単行本など買って読むタイプではなかったが、興味ある対象は持っていた。花崎は鉄道や航空機に興味を持っていた。波岡は日本史や近代戦の戦史に興味を持っていた。麦藁帽を被り重いリュックを担いだ、古書店街には不似合いな風体の二人は、あっちこっちの店に飛び込んで立ち読みを繰り返した。花崎は鉄道雑誌や航空雑誌のバックナンバーに狂喜し、波岡は歴史雑誌のバックナンバーや江戸時代関係の古書に興奮した。花崎は航空雑誌のバックナンバーを二冊、波岡も歴史雑誌のバックナンバーを三冊買った。二人は食堂に入り買ったばかりの古書をめくりながら天丼を食べた。後で食堂の小母さんに日本橋までの道順を聞き出し、神保町から日本橋まで歩いて旅の尻尾の辻褄を合わせた。単に東京まで歩いたのではなく、ちゃんと中山道の起点である日本橋まで歩いたことにして後ろめたい満足感を覚えた。

高田本町で下宿住まいしていた花崎は時々神保町へ出掛けた。既に鉄道や航空関係への興味は失せていた。肝心の経済学も教科書をそこそこなし試験でそれなりの点が取れればいいという程度の勉強振りだった。神保町に出掛けても古書に目が利くわけでないため、主に新刊を扱う二、三の大型書店を巡ることが多かった。大学の授業が終わった後なら早稲田から都電の15番系統、茅場町行きに乗れば、そのまま神保町に行くことができた。ただ江戸川橋から飯田橋にかけて車の渋滞で都電が立往生することが多かった。下宿から直接神保町へ行く場合は大塚方向への都電に乗り、日ノ出町で17番系統数寄屋橋行きに乗り換えて神保町へ行くことができた。神保町の交差点は大学のキャンパスとともに花崎にとって青春の象徴だった。いつも爽やかな青い空が広がっていた。簿記学校のほか高い建物がないため空が広かった。

大学二年の冬休み、花崎が新潟へ帰省すると父から教職課程を取るよう強く指示された。食いっぱぐれのないようにという親心からのようだった。花崎は、経済を専攻しているのに教員とはな、と気が進まなかった。

花崎には相変わらず女友達もいなかったし級友のように居酒屋に出掛けて酒を飲むこともなかった。

花崎は不承不承、三年生から教職課程を取ることにした。時間的なことを考えると大学の近くに引っ越した方が良いと考えた。空き時間に下宿に戻って休憩できる位の距離に引っ越したいと思った。引っ越しをするもう一つの理由は、大学の近くに住めば15番系統の都電を使って乗り換えなしで神保町に行くことができるということだった。

春休みに入ってすぐ、花崎は級友に手伝ってもらって引っ越しをした。春の雪がボサボサと降っていた。引っ越し荷物は座卓と寝具、雑品、本棚二つとそこに納まる本、軽トラック一台分の引っ越しだった。

引っ越し先の下宿は古びてはいたが木造の大きな建物だった。下宿造りとでも言うのか池のある中庭を囲むロの字型の二階建てで、三畳や四畳半、六畳の部屋が二十ほどあった。下駄箱のある玄関が二つ、階段も二ヶ所にあった。全部の部屋が塞がっている訳ではなかったが、下宿人は大学生だけでなく勤め人も混じっているようだった。

新学期が始まり教職課程の授業が花崎の時間割に組み込まれた。教職教養などの科目は教育学部に出向く必要があった。週の内二日は四コマの授業を受けなければならなかった。昼休みを挟むとはいえ四コマ連続授業の日はどっと疲れが出た。もう一日の方は四コマだが、一コマ分空白があるため下宿に戻って休憩することができた。大学の近くに引っ越したのは賢明な判断だと思った。下宿の住所は早稲田鶴巻町で大学まで歩いて五、六分。神保町に出掛けるに都合のいい最寄りの電停は関口町だった。

新たな時間割りに何とか慣れ始めた五月の或る晩、隣室の人物が花崎の部屋を訪ねて来た。男は度の強い眼鏡を掛け下ぶくれの顔は酒気を帯びていた。ウィスキーの壜を畳の上にドンと置くといきなり二つ並んだ本棚に近付いて上段から下段まで眺め渡した。花崎は自分の内面が見透かされているような気恥ずかしさを覚えた。

「大学生の分際にしてはなかなか読んでるじゃないか。あんた、専攻は何だ」

花崎は「政経の経済です」とボソッと答え、自分の姓名や出身地などを伝えた。

「経済には似合わねえ本が並んでる。ま、余り一貫性はないがな。野坂昭如に鈴木大拙、ベルグソンに山口瞳、安部公房に山本周五郎などなどイカしているじゃねえか。奇天烈だが、面白い取り合せだ。若い内は乱読結構、乱読上等」

花崎は賞められているのか、貶されているのか分からなかった。男が胡坐をかいた。

「タネちゃん、と呼んでくれ。翻訳をやっている。掛け持ちで他の仕事もな。本宅は杉並にあってワイフもいる。ここは時々泊まりに来る別宅だ。ま、臨時の仕事場兼ホテルというところだ」

花崎はさすがにタネちゃんと呼ぶのは気が引けてタネさんと呼ぶことにした。

「タネさん、翻訳というのは何語を翻訳するのですか」

タネさんは、花崎のコップを二つ借りると、ウィスキーを二つのコップにドボドボと注いだ。花崎は恐れをなして「ぼくは、アルコールが一滴も飲めません」と言った。タネさんは自分のウィスキーをグビリと飲んで呆れた顔をした。

「酒も飲めない早稲田の学生などいるはずがない。下戸の早稲田生などというのは形容矛盾だ」

花崎は現にあなたの目の前にコップに手も付けない下戸の早稲田生がいるじゃないですかと言い返してやりたかった。

「下戸なんか気色悪いが、ま、いい。オレはドイツ語の翻訳をやっている」

タネさんは自分の関わるドイツの作家や作品について滔々と語り始めた。花崎は第二外国語はフランス語だった。ドイツの作家ではヘルマン・ヘッセとフランツ・カフカしか知らなかった。高校時代課題図書として読まされた作家で、『車輪の下』には共鳴できるところが多かったが、『変身』の方には奇妙なもどかしさを感じただけで大した読後感は持てなかった。花崎がそのことを正直に明かすとタネさんは頻りに「ふむふむ」と頷いていた。

「親愛の情を込めて呼び捨てにさせてもらう。なあ、花崎。あんた、ドイツ語の翻訳というのがどういうものか分かるか。実は日本語の達人でなければ翻訳なんかできっこない。オレは当然日本の作家にも造詣が深い。今度あんたに内田百閒(ひゃっけん)という作家の本を読んでもらう。大学の大先輩だ」

タネさんの口振りはどこか命令口調になっていた。花崎は内田百閒などという作家は知らなかったし、とっかかりのない作家の本を読む気はなかった。

一月ほど隣室にタネさんの気配はなかった。

梅雨の初め頃、久しぶりにタネさんが花崎の部屋に顔を出した。素面だった。

「この前の約束だ。これを上げるから読んでみろ。神保町で見つけてきた。最近、人気のあるアンソロジーの全集だ。内田百閒先輩の『冥途』と『旅順入城式』が入っているから読んでおけ」

花崎の目の前に『全集・現代文学の発見・第二巻　方法の実験』という本が置かれた。

「短篇だから簡単に読める。いずれ読んだ感想を聞かせろ」

花崎は内田百閒の二つの作品や他の二、三の作家の作品が載る頁をさっと覗くとすぐ下に置いた。タネさんも勝手に本を押しつけておいて感想まで求めるとは厚かましいと思った。

「おい、おでん奢ってやるから付き合え」

タネさんは酒が飲みたいに決まっていた。花崎は余り付き合いたくなかったが、おでんを奢ってくれるという誘いに乗った。二人は大学の正門前に陣取ったおでん屋台の暖簾を潜った。タネさんは亭主に焼酎を頼み「あんた、何でも食べなよ」と促した。花崎は言葉に甘えて少し高そうな蛸やツミレ、餅入りの巾着などを注文した。タネさんは焼酎を呷りながら芋臭い息を吐いた。タネさんの飲みっぷりはしたたかだったが乱れる気配はなかった。

「なあ、花崎。生きている者の快楽とは何か知ってるか」

花崎は単純な快楽を答えたのではタネさんに馬鹿にされると思った。少しひねって生意気なことを口にした。

「達磨の面壁九年による解脱とかベルグソンのエラン・ヴィタールとか漱石の則天去私とか」

「花崎。まるでとんちんかんな答じゃねえか。気取って高尚げなことを言うんじゃないよ。だから下戸は面白くねえ。頭でっかちもいいが口先ばっかりだ。もっと人生というものに素直になれよ」

タネさんは嬉しそうな眼差しでコップの焼酎をクイと呷った。

「おまえ、永井荷風を知っているだろう。己れの自由を徹底して貫き通した文人だ」

花崎は荷風の名前は知っていた。貯金通帳を抱えて誰にも看取られずに死んだというような新聞記事をちらと見た記憶もあった。高校時代、父の書棚から抜き取った荷風の本を読んだこともあった。神楽坂界隈に題材を得た小説だったが、読み終えた後、未成年者が読んではならない小説だと思い、疚しさに駆られたことがあった。

「おれは、荷風先生とは浅からぬ因縁があった。或る出版社から頼まれた仕事によって荷風先生との関係ができた。先生には『日和下駄』という町歩きのバイブルとも言える随筆がある。江戸情緒のなごりを求めて町歩きした地誌的な作品だ。あんたのような地方出身者には江戸や東京について土地鑑がないから、面白くないかもしれない。実は、オレが出版社から頼まれた仕事は『日和下駄』の続篇を荷風先生に書いてもらおうという企画の下ごしらえの仕事だった。高齢の荷風先生に歩いていただく前に、オレが続篇にふさわしい場所を踏査しネタを拾って来るという仕事。何度か打ち合せのために市川の荷風先生宅にお邪魔したものだ」

花崎はタネさんの高名な作家との関係に感心した。同時にタネさんの正体が何者なのか訝しい気がした。

「続篇の候補地として荷風先生は朱引地の周縁を提案された。オレはそれを受けて編集者とも相談の上いくつかの候補地を選定した。具体的には旧四宿の品川、その近くの森が崎、内藤新宿の新宿、中山道の板橋、北千住、どこも宿場であり色里だった場所で、オレがネタ探しに歩いて最後に一杯引っ掛けるには都合のいい場所だ。その他、新興の池袋や中野、亀戸、柴又などを選んだ。荷風先生は気さくな方でオレが打ち合せにお宅にお邪魔すると最後に必ずお酒を出して付き合ってくれた」

花崎は荷風が大酒飲みなのか訊ねた。

「オレに酒を出す時、先生は付き合い程度しか飲まなかったので酔うことはなかった。まして乱れることはなかった。際どい話を嬉しそうに喋って若いオレの反応を楽しんでいた。オレはお邪魔するとしこたま飲んで顔を真っ赤にしていた。酔いと羞恥が混じり合った真っ赤だ」

タネさんは昔を思い出すように目の前に翳したコップの焼酎をゆっくりと見詰めクイと呷った。

「荷風先生は本気で飲めばだらしない飲兵衛のオレよりお酒はずっと強かったはずだ。しかし、強過ぎるから飲んでも酔わない。酔うことを知らないから酒を飲むことは自分にとって楽しみではないと言っていた。荷風先生の楽しみはなんと言ってもこっちだ」

タネさんは左手の小指を軽く曲げ花崎の目の前に示した。

「淫楽だよ」

花崎は淫楽？　と聞き返した。タネさんがしようがないなという顔をした。

「おまえも鈍いな。淫猥な快楽のことだ。惚れた女と情を交わすこと、それが先生最大の楽しみだ。酒の飲める上戸でも酒の飲めない下戸でも色欲淫事を好まぬはなしと断言しておられた。実に正直じゃないか。淫事に言い訳を被せたり、倫理だ、道徳だと理屈をこねることを心底嫌悪しておられた。なりふりかまわず淫欲に身を任せとことん淫事に耽溺し快楽を貪る。オレはそういう先生を尊敬していた。ま、行き過ぎた秘戯を強いて愛人に逃げられたこともあったそうだが自由人の面目躍如たるものがあるではないか」

花崎は行き過ぎた秘戯の具体的なイメージを思い描くことはできなかった。しかし、そういうことをする人間こそが自由人だと強調したがるタネさんの口吻が解せなかった。タネさんが串に刺した蛸の足を噛りながら言葉を継いだ。

「大田南畝（なんぽ）というお侍を知っているか。江戸後期に名を上げた人物だ。あんたの本棚に江戸関係の本はなかったようだから知らないだろう。荷風先生は大田南畝を敬慕しておられた。南畝は単なるお侍ではなかった。漢学に秀でた博覧強記の能吏であるとともに天明狂歌の立役者、無用者の花形として江戸中の人気を攫っていた。無用者という側面が荷風先生と南畝との共通点だったのかもしれない。仲間は朱楽菅江（あけらかんこう）、山東京伝（さんとうきょうでん）、など多士済済な顔触れだ。彼らは危うい時代背景の中で様々な遊びにのめり込んでいた。大田南畝は、ずばり人生の三楽を読書、飲酒、好色、と言い切っている。飲酒を、三楽の一つに数えているから、荷風先生の上を行くことになる。江戸の粋か通か狂か知らないが、とにかく南畝は一方ではお侍として勤め、一方では無用者として人生を謳歌した。最後は今の聖橋から下る淡路坂に面した屋敷で亡くなった。お香という美女と芝居見物に行き、翌日酒飲んで茶漬を食って、その二日後に亡くなった。七十五歳の大往生だった」

タネさんは南畝の狂歌を三つ諳じた。

世の中にたえて女のなかりせば男の心のどけからまし
世の中は色と酒とが敵なりどふぞ敵にめぐりあいたい
いまさらに何をかをしまん神武より二千年来くれてゆくとし

「超越性も思想性もない他愛もない歌だが、何かほのぼのとしためでたさが感じられないか。こういう狂歌を詠んだ男の三楽は大いに納得できる。花崎、いずれあんたも酒と女に溺れるくらい人生の楽を味わうべきだ」

花崎はタネさんにあなたの小指はどうなのですかと訊ねてみたかったがやめた。江戸文学に興味がなかったので『日和下駄』の続篇について訊ねた。

「その後タネさんの出版社の仕事はどうなったのですか」

「荷風先生から候補地に付け加えてほしい場所をお願いされた。朱引地の内側だが、是非、麹町、富士見町、三番町を入れてほしい、ということだった。勿論、即座に承知した。荷風先生が、麹町や富士見町、三番町に拘る理由は分かっていた。先生は中学の頃、麹町に住んでいたことがあった。そして五十歳近くなってから富士見町の若い芸者を身請し、後で三番町に待合を開かせた。往時の縁ある土地を偲んで巡り歩きたかったのだろう」

花崎は「結局、『日和下駄』の続篇は出版されたのですか」と訊ねた。

タネさんが苦笑いを浮かべて頭を掻いた。

「結論を言うと出版されなかった。オレはちゃんと新宿、池袋、板橋方面を渉猟し、荷風先生のためネタ探しに尽力した。ところがオレが動き始めて半年ほど後、突然、荷風先生が亡くなられた。あの仕事は実入りも良くていい仕事だったが、本になって日の目を見ることができなかったのを今でも残念に思っている。いつの日かオレはあの時に選んだ候補地を全部巡ってオレ版の『日和下駄』を書いてみるつもりだ」

花崎がタネさんからおでんを奢ってもらった四、五日後、タネさんが花崎の部屋にやって来た。

「花崎、百閒先輩の『冥途』はどうだった。率直な感想を聞かせてくれ」

タネさんは正座し腕を組んだ。酒は飲んでいなかった。花崎は考え込む振りをして時間を稼いだ。アンソロジーの全部の作家を読んだわけではなかった。横光利一の『蠅』や安部公房の『赤い繭』を面白いと思った。しかし、内田百閒の『冥途』はとらえどころがなかった。花崎は感想を口にする前に一つ訊ねた。

「タネさんが、内田百閒を先輩と呼ぶのはどういうことなのですか」

タネさんは花崎の感想を急いた。

「百閒先輩のことは後で教える。あんたの感想が聞きたい」

花崎は億劫そうに感想を述べた。

「僕にとって『冥途』はとらえどころがありません。いきなり、『私』という人物が土手の下の一ぜんめし屋にいる。話の発端にしては唐突過ぎます。そして、おしまいに『私』は土手から暗い畑の道へ帰って来る。勿論、『私』の父たちのいた場所から帰って来るということは理解できます。しかし、一体『私』は、父たちのいる一ぜんめし屋へどこからやって来たのか。そして、帰って来る暗い畑の道とはどこなのか。途中に出て来る蜂は単なる小道具として無視してよいと思うのですが、とにかくこの短篇の発端と結末が僕にはうまく飲み込めないのです。感想にもなりませんが」

タネさんが腕組みしたまま、じっと虚空を睨んでいた。

「花崎、言葉の足りないところがあるにせよ、上々の感想じゃないか。百閒先輩は、ストーリーを作ろうとしていない。『私』と父たちのいる場所を描いているだけで、『私』がどこから来てどこへ帰るか、父たちもどこから来てどこへ向かうのか、説明されていない。あんたが言うように発端も結末もない作品という感想は当たっている。案外、若い素人のあんたに感想を求めたのは正解だったようだ。大いに参考にさせてもらう」

花崎は自分の感想に自信がなかったので、タネさんの好意的な反応を意外に思った。タネさんが花崎の感想に同意してくれたのは嬉しかったが、タネさん自身の感想が知りたかった。

「タネさんの『冥途』に対する感想はどうなのですか」

タネさんはズボンの尻ポケットからウィスキーのポケット壜を取り出した。キャップを取ると壜に直かに口を付けた。

「あんたの感想が的を射ているんだから今更オレが感想を述べるまでもあるまい」

花崎は、はぐらかされたような気がして腹が立った。

「オレが内田百閒先輩を先輩と呼ぶ訳を教えよう。大作家を先輩などと気安く呼ぶのは気が引けるが、オレが百閒先輩の後輩に当たるのだから大作家を先輩と呼んでも差し支えないということだ。百閒先輩は旧制帝大の独文出身。オレは新制東大の独文出身。新旧の違いはあるが二人は歴とした先輩後輩だ。何度か大学関係の会でお顔を拝見したことはあるが恐れ多くて言葉を交わしたことはない。ところが大ニュース。近い内に大作家内田百閒先輩と親しくお会いしてお話することが決まった。実は或る出版社の企画にオレが一枚噛むことになった」

花崎は『日和下駄続篇』の頓挫を思い出して、或る出版社、という言い方に胡散臭さを感じた。タネさんはポケット壜のウィスキーを半分ほど空けて勝手に盛り上がっていた。

「花崎君、よく聞け。今度、乾坤社という出版社から大作家内田百閒先輩と、かの有名なフランツ・カフカの二人短篇集が出版されることになった。百閒先輩とカフカの作品の選定、そしてカフカの翻訳がオレに任された。既に出版の企画と翻訳に当たるオレのことは百閒先輩に承諾いただいているそうだ。いずれ近い内にどこかでお会いして細かいことを話し合う予定だ。何度も面談することになるだろうから、あんたも連れて行ってやる。恩に着ろよ。ひょっとして弟子入りできるかもしれない」

花崎は、それまで呼び捨てにされていたのに急に君付けされたことに戸惑った。花崎は本を読むのは好きだったが、自分が書く立場になることなど考えたこともなかった。

「花崎君、君にとって実においしい話をオレは考えている。乾坤社に頼まれた仕事の一部を君に手伝ってほしい。それなりの報酬は支払う」

花崎は気乗りしないまま黙っていた。

「君、『冥途』の感想はなかなかのものだ。発端も結末もない話、どこだとも明示されないどこかを書いただけの話。妙に分析的に解読しようとしないところがいい。百閒先輩の短篇を十ほど、カフカの短篇を五つほど集めて一冊の本にする予定だ。百閒先輩の方が、世界的な作家であるカフカより数が多いのはバランスを欠くような気もするが、百閒先輩は自分の方が目立つのでなければこの企画に乗らないということなのだそうだ。百閒先輩にはカフカなど眼中にないということらしい。自分とカフカの関係がどうのこうのという理屈にも興味がないらしい。自分では虫の話と称する『変身』の日本語版を読んだだけとか。花崎君、手伝ってくれ。百閒先輩の短篇小説の中から十ほど選んでもらえばいい。素人の君の新鮮なセンスに期待している。カフカの方はエキスパートであるオレが原典から選んで新しく翻訳する」

花崎は迷惑そうに手を振った。

「タネさん、僕にはあなたの仕事をお手伝いする能力はありません。内田百閒は『冥途』を読んだだけで十分です。僕の感想など的外れで半端なものです」

「内田百閒と呼び捨てにするのは失礼だ。内田先生とか百閒先生とか丁寧にお呼びする方がいい。ところで、花崎、あんた毎月いくら位仕送りしてもらっているのか。バイトもやめたそうじゃないか」

花崎は答えたくなかったが、ぶっきらぼうに「月二万五千円」と答えた。教職課程の授業が増えた分、時間を取られるので蕎麦屋のバイトはやめていた。そのため親に掛け合って仕送りを増額してもらっていたので贅沢しなければ十分な仕送りだった。

「花崎君、オレが出版社から貰う金額は言えないが、君には仕送りの二倍ほどの金は出せる」

花崎は五万円ほどという金額に目を丸くした。タネさんが財布を探り「手付金だ」と言って一万円札を畳の上に置いた。

早速、翌々日、小包みで本が送られてきた。メモが同封されていた。

――神保町で集めた本だ。百閒先輩の短篇小説はほとんど網羅されている。随筆、日記の類は除いた。童話を含め全ての短篇小説を精読し百閒先輩の神髄が表現された十篇を選ぶこと。各作品に必ず短評を付けること。夏休みに帰省するだろうから夏休み前までに私に直接手渡すこと。以上――

花崎はメモの中の精読とか短評という文字に気圧された。思った以上に手強い宿題だと悔やんでみたが後の祭りだった。

花崎は覚悟を決めて百閒先生の短篇を読み継いだ。数が多く、輪郭のはっきり呑み込めないものや時空の捻れたものなどがあって花崎の神経を悩ませた。作品同士が侵犯し合うようなところもあって頭の中でいくつもの作品がダブったり溶け合ったりした。ダブったり溶け合ったりした作品の模像が何度か夢の中に紛れ込んで不快な寝汗を催した。しかし、多数の短篇に触れて、なんとなく百閒の特質が分かるような気もした。愛着めいた感情も芽生えていた。

タネさんは一度だけ寿司折りを持って花崎をせっつきに来た。

その後、夏休みが始まる週に花崎は懸案の宿題を終えレポート用紙に清書した。一ページ目に自分が選んだ百閒の作品名を列挙し、二頁目以降に各作品の短評を書き連ねた。

『冥途』は外せなかった。以下、

『道連』『映像』『旅順入城式』

生地岡山関係として

『稲荷』『夜の杉』

東京関係として

『丘の橋』『東京日記』の内、その一（日比谷）その十（富士見町通）

『沙書帳』『学校裏』

そして童話の内

『狼の魂』で締めた。花崎は少し余計だが、スペアと思って十二篇選んだ。

タネさんがレポート用紙を眺め作品名を口に出して読んだ。

「似た傾向のものがいくつかあるな」

花崎が抗った。「僕はしっかり読み込んだつもりです。バラエティーにも気を遣って選びました。似たものがいくつもあるということは百閒先生の本質が微妙に姿形を変えているということではないでしょうか」

「それはそうだ。ま、短評をしっかり読ませてもらう。百閒先輩のお眼鏡にあんたの選んだ十二の短篇のいくつが叶うか」

タネさんは「夏休み明けにまた来る。出版社ともしっかり打ち合せをして、直接百閒先輩とコンタクトが取れるよう事を運んでおく」と言い残して帰って行った。

花崎が夏休み明けに下宿に戻ってもタネさんは姿を現さなかった。前期の試験は教職課程の試験も加わったため、かなりハードだった。専攻する経済の試験の出来が芳しくないのが気に掛かった。タネさんに渡した百閒の小説の短評はすっかり忘れていた。

前期試験が終わってすぐ、タネさんが花崎の部屋に来た。

「花崎、元気だったか。いよいよ例の話を詰めた」

花崎は例の話とはなんだったか思い出せず、きょとんとした。

「百閒大先輩と会う話だよ。出版社がうまく段取りを付けてくれた」

タネさんは花崎に五百円玉を握らせた。

「あんたも連れて行く。明日昼の内にこの金で散髪して来い。オレは今晩ここに泊まらない。家に戻って身形をビシっと決めて来る。あんたもズボンにアイロンくらい掛けておけ」

タネさんは翌日の待ち合わせの時間と場所を指示した。夕方、神保町で会おうということだった。


翌日、花崎は茅場町行きの都電で神保町に向かった。飯田橋に近付くと、ひどい渋滞のため都電は何度も立往生を繰り返した。神保町の電停に着いたのはタネさんと約束した時間の直前だった。交差点の角に近い新刊書店、一週間分の毎日の新刊を入れ替えてショーウィンドに展示している店、男がそこに立って新刊を眺めていた。後ろ姿が振り返ったので花崎はそれがタネさんだと初めて気付いた。花崎はタネさんの颯爽たるスーツ姿に目を見張った。手に高級そうな革鞄を下げていた。

「驚きました。キマってますねスーツ姿。まるで大企業のビジネスマンのようです。タネさんがネクタイ締めてるのを見るのも初めてです」

「相手や場面をわきまえて装うのは大人の嗜みだ。百閒大先輩とお会いするのは七時からだ。それまで喫茶店で時間をつぶす」

タネさんと花崎は路地裏の喫茶店に入った。そこで二人は事前の打ち合せをした。花崎はタネさんから「助手」という役柄を割り振られた。そして、百閒大先輩とタネさんのやりとりにあまり口を挟まぬこと、百閒先輩のお言葉を可能な限りメモせよと指示された。

六時四十五分頃、二人は喫茶店を出た。駿河台下の一つ手前の横断歩道を向こう側へ渡るとすぐにタネさんが「ここだ」と指差した。

「百閒先輩が何度かこの店で飲んでいたという情報を得たので今晩はこの店に決めた」

花崎が見上げると「ムサシノ軒」という看板が目に入った。平屋の建物で、地所の輪郭が小刀の先のように尖っていた。中に入ると若いウェートレスの「いらっしゃいませー」という声が弾んだ。タネさんが「今晩、高名な大作家をお迎えすることを電話で伝えておいたのだが」と告げるとウェートレスは一番奥のテーブルに二人を案内した。他に客の姿はなかった。細長いテーブルの上座に――内田百閒大先生――というネームプレートが置かれていた。花崎は品書きの札を眺めた。カツ定食や魚フライ定食などの定食類やさまざまな単品、酒、ビールなどの札が値段付きで下げられていた。食事時は食堂、夜になると酒場になる、そんな店だと思った。

七時ちょうどに白いスーツに蝶ネクタイの内田百閒大先生が姿を現した。ウェートレスが大先生の手を引いて、席に導いた。

タネさんが形通りの挨拶や謝辞を述べた。

「大先生にはご多忙のところ、遠路はるばるお運びいただき誠にありがとうございます」

百閒先生はタネさんを睨み付けた。

「君、大先生はやめてくれ。乾坤社の話では君も独文出だそうじゃないか。単に先輩と呼んでくれ。君、遠路はるばるとか仰いましたが私は六番町の御殿に住んでいるから、市ケ谷見付に出て両国駅前行きの都電に乗れば神保町や駿河台下は一直線だ。昔から近場でもタクシーを使うので都電は使わんのだが、遠路はるばるは大袈裟だ。この店には時々、昼飯がてら昼酒を飲みに来る。気取らないいい店だ。

ビーフカツが旨い」

タネさんが即座にウェートレスに声を掛けた。

「おーい、ビーフカツ三枚。それと単品を適当に」

タネさんは先輩に向き直った。

「百閒先輩、大事なお飲み物はいかがいたしましょう」

「君、私はアルコールならなんでもござれだが今晩は日本酒のぬる燗で行く。一合徳利で一本づつなんてまだるこしい。それに一合と称して七勺しか入ってないのが相場だから油断ならん。ちゃんとこの店では、こなから、即ち二合半の徳利で注いでくれる。最近、好きになった越後の旨い酒を出してくれる。まあ、今晩は仕事で来たのだから一本でやめるがね」

タネさんが明かした。

「百閒先輩、実はこの助手は越後の出身です」

百閒先生が花崎の顔を見詰めた。

「お若いの、越後のどこか」

花崎は「実家は新潟市内です」と答えた。

百閒先生がぽんと手を拍った。

「新潟なら私も行ったことがある。『阿房列車』の一環として上越線に揺られて行った。新聞紙記者からつまらない取材を受けた記憶がある」

ビーフカツより先にぬる燗の酒が二本来た。

百閒先生が花崎の顔を見た。

「お若いの、君は飲まんのか」

花崎は「不調法で申し訳ありません」と首をすくめた。タネさんが重そうな徳利の酒を恭しく百閒先生のぐい飲みに注いだ。その後は、花崎が百閒先生とタネさん向けの注ぎ役を強いられた。酒の飲めない花崎は損な役回りを恨んだ。百閒先生が刺身に箸を付けながら冷笑した。

「酒が飲めないとはな。いや、お気の毒。人生に三楽ありでな。狂歌師の大田南畝が宣うている。一に読書、二に飲酒、三に好色、これぞ人生の三楽とな。南畝は三楽をとことん味わって人生を全うした。南畝の狂歌なんぞ大したものではないが、彼の生きざまは見習いたいものだ」

花崎は、荷風も、南畝も、百閒も皆、底抜けの享楽主義者なのだと思った。

「お若いの、色事の方はどうなんだ」

花崎は色事という言葉に戸惑い「縁がありません」と口篭もった。百閒先生は「おたくはどうなんだ」とタネさんに振った。タネさんは「至ってそちらの方は不調法なもので」と苦笑いした。

百閒先生はぐい飲みを差し、花崎に「注げ」と促した。

「人生、一楽や二楽では生きたことにならない。三楽を全うすることこそ人としての道だ。人の道を踏み外してはいかん。君たちもしっかり地に足を着けて三楽を味わいなさい。これからでも遅くない。精々、励むんだな」

花崎は百閒先生から人生訓を聞かされるとは思わなかった。百閒先生に人生訓は似付かわしくなかったし、その人生訓もひん曲がり顚倒していると思った。とんだ説教を喰らわされたような気がした。

ウェートレスがテーブルに刺身や焼き魚、茄子の煮物に茶碗蒸し、鱈子にイカの塩辛などを並べた。

タネさんが本題を切り出した。

「私どもで選ばせていただいた短篇について恐れながら感想を述べさせていただきます。それによって当方の選定意図をお汲み取りいただけたら幸いです。もし感想が百閒先輩の創作意図から外れておりましたら遠慮なくご指摘ください。こちらが百閒先輩の創作意図を十分理解できていなければ短篇集を作る資格はないと思っております。こちらで選定した百閒先輩の短篇がお眼鏡に叶いますかどうか。もしご承認いただけましたら今度はカフカの短篇をいくつか翻訳し、百閒先輩の短篇との取り合せを吟味した上でご承認いただき本の出版に持ち込みたいと思っております。今晩は顔合わせも兼ねた検討会ということでお酒もお出しいたしました。先程は三楽の素晴らしいご高説を賜りありがとうございました」

百閒先生は二本の徳利をウェイトレスに下げさせた。そして目の前の料理を時々摘みながらタネさんの声に耳傾けた。タネさんは鞄の中からタイプ打ちされた罫紙を何枚か取り出して読み進んだ。

「まず『冥途』です。発端も結末もないどこかの話。『私』はどこから来て一ぜんめし屋にいるのか。話を交わすこともない『父』やその連れはどこから来て一ぜんめし屋にいるのか。そして『父』や連れはどこに向かって行くのか。涙を流した『私』は暗い畑の道に帰って来てどこへ向かうのか。『私』や『父』や連れのいた場所は『冥途』である。しかし、そこはあの世ではない。『私』が来た場所とひと続きの場所である。『父』や連れの来た場所、『父』や連れの向かう場所とひと続きの場所なのだ。作り物めいた場所が闇の中に現出されているが、酢のかかつた人参葉や自然生の汁、ビードロの筒の中で上つたり下つたりして唸る蜂、これらまざまざと描かれた事物が作品を極めてリアルなものにしている」

百閒先生が箸を置いた。「君の感想か」

タネさんが頷いた。花崎は呆気に取られ自分がタネさんに渡した短評そのものではないかと思った。

「なかなかよくできた感想だ。確かに『冥途』はどこかとひと続きの場所だ。『私』は一ぜんめし屋で『父』を見て引き返して来る。しかし、『私』は何度でも一ぜんめし屋へ行って、その都度『父』をみて涙を流すことができる、そういう場所だ」

百閒先生は箸でイカの塩辛を摘んで口に入れた。

「そもそも私はあの世とか、彼岸とかが好きでない。信ずるとか、信じないとか、ではなく好きでないから嫌いなのだ。私は長篇を書く必要がない。私が書くのは長篇より長いものだ。『冥途』がその一例だ。長篇のもっと先の先、ひと続きになっている際限のない場所を表現しているから長篇以上の長篇だ」

花崎が口を挟んだ。

「では、『道連』も逆の意味で際限のない場所を表現しているのですか。生まれて来ることのできなかった名なしの『兄』がいつの間にか、どこかから来て『私』の道連れになる。生まれる前のどこかから来て様々哀訴する。『兄』はどこから来てどこへ消えたのか。そして二人が歩いていた場所はどこなのでしょうか」

百閒先生が大きく頷いた。

「『私』は『冥途』に紛れ込んで『父』を見、『兄』の未生以前に紛れ込んで『兄』の訴えを聞くハメに陥る。全ての場所がひと続きに続いている。いや場所だけではない。時間も遥かに遠い背後から遥かに遠い前方にひと続きに続いている。仕切りも壁も境もない世界、そういう世界を描くのが私の真骨頂だ」

タネさんが花崎をたしなめるような目を向け百閒先生に頭を下げた。

「助手が出しゃばって申し訳ありません。ま、『道連』に対する助手の解釈も、百閒先輩の創作意図から大きく外れている訳でもないようですので許してやってください。『道連』については、百閒先輩から只今解説いただきましたのでおしまいにします。次は『映像』です。障子の硝子に私の顔が映る。『私』は布団の中で寝ている。硝子に映る私が寝ている『私』を見詰める。硝子に映る私と『私』が睨み合う。硝子に映る私は、幻なのか現なのか。『私』は硝子に映る私に苛まれ、恐怖に慄く。いつしか『私』の恐怖が硝子に映る私にまで伝染し、硝子に映る私は恐怖に蒼ざめる。そして硝子に映る私は、恐怖を打ち壊し決着を付けるかのように寝ている『私』に近付いて来た。果たして決着やいかに」

百閒先生が断固たる口調で応じた。

「曖昧な解釈はやめてくれ。硝子に映る私は、幻なのか現なのかだと。馬鹿言っちゃいかん。私は厳然たるリアリストだ。実在しないものを捏ね上げる趣味はない。硝子に映る私は、寝ている『私』からは独立した確乎たる実在者だ。肉体を持つ実在者だから寝ている『私』の腹の上に乗ったり鳩尾のところを押さえたりする訳だ。硝子に映る私は、いずれ『私』の言葉を喋るようになるかもしれんが、どうなるかという決着は保留したままがいい」

百閒先生はナイフとフォークでビーフカツに手を付け始めた。タネさんはテーブルに両手を突いて頭を下げた。

「助手の曖昧な解釈をお詫びします」

タネさんが花崎にも頭を下げるよう促した。タネさんは花崎がまとめた短評をほとんどそのまま口にしているだけなのに、解釈の仕方がまづいと指摘されると花崎に責めを負わせようとしていた。花崎は、ひどく不愉快な気分に陥った。

「百閒先輩。先輩が根っからのリアリストであられることは重々承知しております。先輩を単なる怪奇モノの作家だと思う者がいたら、そいつは間違っています。文学の分かる人士なら必ずや先輩をリアリストと認識し愛読しているのだと思います。『映像』は傑作です。最近、私はフランス語で食ってる友人からこんなことを教えられました。サミュエル・ベケットの書いた『フィルム』という小品が、百閒先輩の『映像』に似ているというのです。ベケットはフランスの世界的な前衛劇作家で、『フィルム』は、まだ邦訳されていません。だから私自身は読んでいません。友人の話を受け売りします。単純な粗筋です。主人公が映写カメラと化した自分の目に追い掛けられて逃げて行く。最後に主人公は、自分を追い掛ける正体が自分の目だと知って頭を抱え込むというものです。百閒先輩の『映像』とベケットの『フィルム』は発想が非常に似ているという友人の話でした。友人は、勿論、内田百閒の『映像』の方がリアルで凄味があると申しておりました」

百閒先生が不機嫌そうな顔付きでナイフとフォークを置いた。

「ベケットとやら世界的な作家だそうだが、一体いつの時代の作家なのか」

タネさんが「いやいや現存の劇作家でパリに住んでいます。確か一九〇五、六年生まれだと記憶してます。ベケットは、カフカの影響を受けているようなので、私もベケット周辺の記事などは読んでいるのです。百閒先輩よりかなり若いはずです」

百閒先生がニヤリと笑いを浮かべた。

「私は十九世紀の生まれだ。『映像』を書いたのは確か大正十年のことだ。大正元年が一九一二年だから、大正十年頃ベケットとやら、まだ子供じゃないか。私の『映像』より前に少年ベケットが『フィルム』を書ける道理がない」

タネさんが頷いた。「ベケットの『フィルム』は割と最近の作品だと聞いています」

百閒先生が二、三度拍手して大きな声で笑った。

「ハッハッハッー、あー愉快。ハッハッハッー、ほー素晴らしい。世界的作家とは恐れ入った。君の友人が言うように、本当に私の『映像』がベケットの『フィルム』に似ているのなら、独創的な発想においで私の方が遥かに先行していたことになる。四十年も五十年も前に先を走っていたとは我ながらご立派。いやー大したものだ、大したものだ」

タネさんも花崎も、百閒先生に調子を合わせて嬉しそうに笑った。百閒先生が二人の笑いを制した。

「先に進め。次は何か」

タネさんが「『旅順入城式』です」と答えて感想を述べようとした。すると百閒先生が遮った。

「これも傑作だ。君の下手な感想を聞くまでもない。私もこの傑作の創作意図を、今更得々と講釈したくもない。斬新な発想による私ならではの大傑作だと言うに留めよう。次は何か」

「百閒先輩の故郷岡山関係の『稲荷』、そして『夜の杉』と続きます」

百閒先生が焦れったそうに顔を顰めた。

「岡山は一つでいいだろう。『稲荷』は婆やの話、片や『夜の杉』は大切な大切な父の話だ。どちらを採るかとなればやはり『夜の杉』の方だ。人魂をどう理解しているのか興味あるので感想を聞かせてくれ」

タネさんが感想を述べた。

「『夜の杉』。作者の少年時代の些末な思い出が生家周辺の地誌と相俟って鮮明に描きだされています。犬を追い掛ける少年の執拗さ、自宅の屋根瓦の下を塒とした雀を急襲する残忍さ。少年特有の気負った情念が読む者の気持ちを逆撫でするような表現が巧みです。この作品の眼目は何と言っても『人魂』でありましょう。涼み台で涼んでいた近所の人たちが、少年の家の二階から人魂が出たのを見て少年の父の最期を確信した。その頃父は療養先の寺の病床に起き上がり北に向かって瞑目し事切れました。人魂の出現と父の死の真に迫った符合が見事に表現されています。以上が私なりの感想です」

百閒先生がタネさんに目を剥いた。

「繰り返すが私はリアリストだ。父が亡くなる晩、近所の人たちも見たと言っている。そして、父が死んだ。気に食わないのは人魂の出現と父の死の符合が真に迫っているという君の言い回しだ。真に迫っているというのは人魂の存在や人魂と父の死の明確な符合を疑っているということだろう。私は前にも人魂を橋の上から見たと言い切っていた。その時も、誰かが亡くなって人魂と化したに違いない。人魂は端的に存在するのだ。私は六高の学生の時、児嶋三十三ヶ所巡りの遍路に出掛けた。遍路の途中、すぐ後を何かが付いて来ることに気付いた。気付いたが、恐怖のため駆け出すことも後を振り向くこともできなかった。坂を下って下津井の遍路宿に飛び込むと付いて来た何かは消えた。これは『遍照金剛』に書いた私の実体験だ。遍路から帰って家族にこの体験を明かすと、それはお大師様がお前を付けていたのだろう、ということだった。私はお大師様に付けられて恐怖を味わったが、実感としてお大師様が確かに存在していなさる、と思い知らされたということだ」

花崎は百閒先生が何でも信じ込んでしまうタイプのようにも、大人になっても幼児のような無邪気な頑固さを持ち続けているタイプのようにも感じた。

「私は信心深くもなければ、迷信深い訳でもない。ただ、存在するものは素直に認める。存在するものは認めるが、向こうとかあちらとかという曖昧な時空は認めない。『いま―ここ』と繋がっているひと続きのどこか。向こうでもあちらでもない、知らぬ間にそこにいたというどこか、それが私の書く世界だ」

タネさんがちらと掛け時計を眺め時間を気にし始めていた。

「こうして百閒先輩のご尊顔を拝するだけでも光栄の至りに存じますのに、創作意図の背後に潜む誠に深遠かつ滋味溢れた奥義までご披露いただき喜びに堪えません。ところで時間のこともありますので先を急がせてください。次は東京関係で『丘の橋』に参ります。この橋は曙橋のことですね。但しこの作品が書かれたのは曙橋が架けられるよりずっと前のことだと思いますが」

百閒先生は顔を上向け遠くを見る眼差しで頷いた。

「タイトルからするとこの作品のテーマは曙橋のように思われますが、曙橋はまだ建設予定の段階で仮の名前すら持っていなかったはずです。この作品のキーワードは合羽坂です。そしてそこを上り下りする何人かの狂人。坂には狂人を引き寄せる磁力でもあるのか。あるいは、人を狂人にしてしまう魔力でもあるのか。毎日、女狂人が『私』の家の前を通って合羽坂を下り、向かいの台地を眺めてから引き返して来る。女狂人の規則的な往復は変わらない。日々の変わらない往復運動の繰り返しは女狂人の精神の際限のない堂堂巡りの反映なのでしょう。何が堂堂巡りしているのか、女狂人の頭の中まで覗き込むことはできません。坂は危うい。特に坂の下りは。『私』の近所には複数の狂人がいるらしい。いずれも合羽坂が好きなのです。『私』は一時期、毎晩のように暑さを凌ぐため合羽坂の崖の柵に出掛けて行って、夜中まで立っていることがあった。或る時気が付くと『私』の並びに同じように柵に靠れて立っている長い顔の女がいた。その女は谷町に住む狂人でした。『私』は九年住み慣れた丘の家から引っ越すことを決めていました。引っ越先が合羽橋から遠くなかったら、時々合羽坂に来たくなるのです。その時、崖の柵に靠れて月を眺め風に吹かれる『私』の姿を見た人は『私』の正体をどのように想像するのでしょうか。無論、他人様が『私』の正体を言い当てることなどできません。『私』本人でさえ、己れの正体を知らないのですから。百閒先輩、『丘の上の橋』の感想はこんなところで如何でしょうか。勿論作中の『私』は百閒先輩ご自身のことですよね」

百閒先生は右の手指で頰りに顎を引っ張り、顔を伸ばすような仕草をした。

「崖の柵に靠れて月を眺め風に吹かれる『私』が、この私なのかどうか、答は読み手に任せる。それより坂というのは恐いような、危ういような。せっつかれるような、つんのめるような。いつも前のめりの気持ちで坂を下る。下りてしまっても何か忘れ物をしたような落ち着かない気分にさせられる。坂には瘴気や妖気のようなものが籠もっているのかもしれない。君の感想は引っ越した後で合羽坂を訪ねた『私』の正体を云々しているが、本当は引っ越す前から既に『私』の正体は怪しいものに変貌していたのかもしれない」

花崎は反発したい気持ちになった。百閒先生は『私』の正体は想像に任せると言いながら、『私』は既に引っ越し前から気が触れていたと仄めかす。そうだとするなら女の狂人のことは添え物に過ぎないのではないか。『私』の正体を正面から抉り出す方が筋が通っているのではないかと思った。百閒先生が浮かない表情をした。

「私は合羽坂の上の家から昭和十二年に麹町区土手三番町に引っ越した。合羽坂の上の家で九年、芸者上がりのおこいと暮らして来た。本妻や子供たちは小石川の雑司ヶ谷に放ったままだ。ひどい親父だということは重々承知している」

百閒先生はひと呼吸置いてから和んだ表情に変わった。

「おこいとの秘事には九段や三番町方面の待合を使った。合羽坂の上の家から合羽坂を下りてタクシーを拾えば、九段や三番町はすぐそこだ。おこいは花柳界の出だから生活臭が染み込んだ自宅での秘事を嫌った。それで待合に出掛けた。馴染みの待合ができるくらいおこいと楽しんだ。時には待合が料金を負けてくれることもあった。三楽の中でも一番大事なことは何だと思う」

タネさんは答えなかった。花崎は秘事の中身を知らなかった。

「淫楽の追求だよ」

百閒先生は追求という言葉に力を篭めた。

「ところで淫楽の追求に酒は禁物だが、下ネタには酒がいる。君、頼んでくれ」

タネさんが、ははーと畏まってウェートレスに手を拍った。「二合半一本」

再び酒が入ると、百閒先生は陽気に下ネタを繰り出した。

「人は六根という素晴らしい感官を持っている。君、六根とは何か答えてみろ」

タネさんが「眼、耳、鼻、舌、身、意でしたか」と答えた。

百閒先生が出来の良い生徒だなというふうに頷いた。

「六根の中身を見事正解したが、さて、君は淫楽を追求する時六根を十分に活かし切っているか」

タネさんは答えようもなく黙り込んでしまった。花崎は百閒先生が淫楽の追求だけが人の道だとムキになって説いているような気がしておかしかった。先生が下ネタの風向きを変えた。

「永井荷風を知っているだろう。私なんかと違ってお大尽だ」

タネさんが嬉しそうに応じた。

「生前、市川の荷風先生の所へ何度かお伺いしました」

タネさんは、『日和下駄』続篇の企画があって、その下調べを請け負って方々巡り歩いたことを明かした。そして、続篇の企画は頓挫したと付け加えた。百閒先生がほほーというような顔付きをした。

「私は大尽と面談したこともないが間違いなく因縁はあった。先程、私とおこいが合羽坂の家から三番町の待合に通ったことを話した。昭和の初めだ。そのころ荷風大尽は囲った色女にせがまれて三番町に店を出してやった。『歌代』という待合だ。私とおこいは、よくその待合に通って事に励んだ。料金をいつも負けてもらって得した気分で帰ったものだ。ところが荷風大尽が急逝した後、生前のことが様々暴露された。『歌代』という待合の女将、荷風の色女の証言まで表沙汰にされたが、その証言を推量するとどうも私とおこいの秘事は荷風大尽にまるまる覗かれていたようなのだ。待合の料金の負けてくれた分は荷風大尽の覗き賃だったということなのだろう。こっちは負けてもらってほいほい喜んでいたのだからお笑い草だ」

百閒先生は額をピシャリと叩いてテレ隠しをし、大らかに笑った。タネさんも花崎も声を上げて笑い合った。花崎はユーモラスな秘話をあっけらかんと披露する百閒先生に親しみを覚えた。百閒先生が真顔に戻った。

「私も荷風大尽にはとても及ばないが人並み以上に遊んだ。男が女と艶事を楽しむことについては他人が容喙すべきことではない。しかし、荷風大尽のようにそれをネタに作品を書くというのは私の趣味に合わない」

待合での経緯を嬉しそうに話していた百閒先生も、荷風大尽と自分の執筆作法が違うことを強調した。百閒先生がタネさんに「お次は何か」と促した。

タネさんが「『東京日記』のその一とその十、日比谷と富士見町通りです」と言って感想を述べようとした。百閒先生がタネさんを制した。

「時間もないし見当外れの陳腐な感想を聞かせてもらうより私の方で手短かに話す。何だか犯罪者が犯意を自供させられるようで好かんのだがカフカと対決ということならば止むを得まい」

花崎は陳腐な感想という言葉に不愉快なものを感じ、カフカと対決などという言葉に御大層なものを感じた。

「電車の故障と雨の降り方、お濠を揺らして登場する鰻の因果関係があるのかどうか、私にも分からない。私は牛の胴体より大きな原寸大の鰻を見た。その鰻が分裂して数多の小さな鰻になった。私は有楽町で大鰻から分裂した小さな鰻がウジャウジャ出現するのを見た。次は富士見町を歩いている時に見た富士山の変様だ。これも私の勝手な想像や錯覚によって書いたものではない。富士山の山頂が赤くなっていて私は凶事が起こることを心配しながら歩いている。私は大変なことが起こっていると思いながら濠端の土手に攀じ登って富士山の方向を見る。山頂から際限なく噴きだす火が麓の方まで溢れ、遂には富士山自身を埋め尽くそうとする。有楽町では小さな鰻がウジャウジャ出現する。何だか人間の心理とは無関係に鰻や溶岩が際限もなく現れ続ける。そうした光景を私は確かに見ていた。合理的に解釈できるとかできないとか、そういう愚問に関わりなく私は私の見たものを書いている」

花崎は百閒先生の見ていた現実がどのようなものなのか見当が付かなかった。決して夢幻と言い捨てにできない何か、常人とは違う現実を見ているのだろうと思った。

百閒先生が手酌で酒を飲んだ。「後、残りはいくつか」

「残ったのは『沙書帳』の己章と童話の『狼の魂』です」

百閒先生が「『沙書帳』の己章は、番町小学校を書いたものだな」と念を押した。

タネさんが頷いた。

「私も長い東京生活の中で何度も引っ越しを繰り返した。本郷から始まって小石川、高田老松町、雑司ヶ谷町にかわいい妻子を放ったまま面影橋近くの下宿屋に独居。次いで市ケ谷合羽坂上に移って、おこいと同居。合羽坂の家に九年暮らし、麹町区土手三番町の借家に転居、終戦の年空襲でそこを焼かれ、近くのお屋敷の小屋に侘び住まい。三年の小屋住まいの後漸く念願叶って六番町に自分の家を新築した。三畳三間の小さな家だが私にとってはかけがいのない新居だ。そこで三畳御殿と命名した。本郷、小石川、高田、市ケ谷と転居して、いよいよ本丸に近付いたと思うと誇らしかった」

タネさんが「本丸ですか」と訝った。百閒先生が得意げな笑いを浮かべた。

「君、江戸城の本丸に決っている。外濠の内側、六番町は江戸城本丸の目と鼻の先だ。下級武士の大田南畝が住んでいた牛込なんぞより私の三畳御殿の方が本丸にずっと近い。ところが三畳御殿の裏が番町小学校だ。己の章のポイントは小学生がウジャウジャ沸きだして様々な遊びや運動、野良猫の鳴き真似などを始める。始めるとキリがなくなってとめどなく続く。子供の精神というものには際限がない。小学生の諸々の行動が私の神経に触るのは、小学生の行動を私が意地悪くいちいち注視しているからなのだが、それは情愛の裏返しとも言える。私は理由なく出現し際限もなく或る行為や行動をやり続けるものに拘る癖があるようだ。ま、私の小説を選ぶ君の選定基準が何か知らないが『東京物語』の二篇と番町小学校を選んだ選択眼はなかなかなものだ。鰻や小学生のウジャウジャと富士山から噴き出すブクブク、そして際限なさが三篇に共通している」

百閒先生は選択眼の本当の主が誰か知らなかった。花崎は自分の選択眼が賞められていることを秘かに喜んだ。花崎はタネさんを差し置いて思わず先走った。

「百閒先生、『狼の魂』も今の三篇と同列なのですか。帰るところを失った狼の魂が鱠に飲み込まれる。狼の魂は鰻の身中でふやけ、すっかりとろけてしまう。でも、狼の魂は消えて無くなる訳ではないのでしょう」

百閒先生は花崎の問いに直接は答えなかった。

「人は己れの人生の始まりや終わりを明確に認識できるか。人の一生は起承転結の起も結も欠落した茫漠たるものだ。『狼の魂』は人の一生の象徴だ。『狼の魂』こそ他の三篇の先駆をなす童話だ」

花崎は、百閒先生の人生に対する見方を、とりとめのない、けじめの付かないもののように受け止めた。限りある人生とフィクショナルな創作を取り違えているような気もした。突然、百閒先生が「帰る」と言って立ち上がった。

「最後に注文がある。『面影橋』と『阿房列車』の中の一つ、計二つは是非入れてくれ。『面影橋』の方は芥川龍之介の死を予知し彼の死を事前に代理体験したことを書いた傑作だ。『阿房列車』の方はどれも私の人生を象徴する傑作で人気も高い。折角カフカと勝負するのだから、私が断然優位に立ってカフカを打ち負かすような本にしてくれ。カフカの短篇を選ぶなら、代表作でない小品を選ぶがいい。読者が百閒の勝ちと判定するような本を期待している」

タネさんは挨拶もそこそこに外へ出てタクシーを拾った。百閒先生をタクシーに乗せ、タクシーが動きだすと最敬礼した。店に戻って来て鞄を取ると「いやー、今夜は幸せ、最高だ」と喚くように繰り返した。そして、「二合半のお酒も最高、料理も最高、是非また来ます」と言いながらかなりの金額を払った。二人が店を出ようとするとウェートレスが花崎を引き止めた。タネさんは「オレはもう一軒ハシゴする。また下宿で会おう。その時、オレが選定したカフカの短篇を持って行く。今日はご苦労さん。百閒先輩の作品に対するあんたの感想があって助かった」

花崎は自分の感想がほとんどパクられたと舌打ちした。花崎を引き止めたウェートレスが改まった口調で訊ねた。

「引き止めてごめんなさい。突然、お訊ねします。あなた、新潟出身で私と高校の同期生でないですか」

花崎はウェートレスのエプロン姿を上から下まで眺めた。見たことがあるような、ないような、記憶がはっきりしなかった。ウェートレスは高校の名前と花崎のクラス担任の名前を挙げた。花崎はへーと驚いたが、ウェートレスは同級生ではなかった。

「あなた花崎君でしょう。フルネームは覚えていません。私は、あなたとクラスは違います。でも英語の選択授業の時、三クラスの生徒が合併授業を受けていたので違うクラスでも顔を覚えていました。英語の先生は強面のおっかない先生でした」

花崎は成る程と納得しウェートレスの顔を微かに思い出した。

ウェートレスはレシートの裏に鉛筆で「伊丹蘭子」と記し、明治大学の演劇科に通っていると言った。花崎もフルネームを告げ早稲田に通っていて神保町にちょくちょく来ると伝えた。伊丹はバイトで夕方からムサシノ軒で働いているということだった。花崎が下戸であると分かったのか「お酒飲めなくても大丈夫です」と言い、曜日によっては昼のランチの時にも手伝いに来ることがあるので是非寄ってくださいと付け加えた。そして、「蘭ちゃんと呼んでください。あなたのことは花崎君と呼びます」と言ってバイバイと手を振った。

花崎は大学図書館で百閒先生の『面影橋』と『阿房列車』の中のいくつかを読んだ。百閒先生ご本人が自薦する傑作がどのようなものか興味があったし、百閒先生は花崎の感想がどうあれ『面影橋』と

『阿房列車』の中の一篇は必ずカフカとの二人短篇集に入れろと厳命した。『面影橋』は百閒先生が面影橋を渡った先の大きな下宿屋に逼塞していた頃のことを書いた小説だった。一から五までの話で構成されていた。花崎は四まで読み進んだが大して面白くなかった。五に進むと芥川の自殺のことが出てきた。しかし、最後まで読み終えても、百閒先生が芥川の死を予知していたとか芥川の死を代理体験したとか、ということに触れている箇所はなかった。花崎は釈然としない気持ちを払拭すべく五だけを五回読み返した。その結果朧げながら次のような解釈ができた。ひどい暑さの続く七月下旬、百閒先生は暑さを凌ぐため下宿の梯子段の中程に腰掛けている。いつもの場所で日盛りを過ごしていた何日目かに「芥川自殺」の電話が入る。百閒先生は電話を受けた後、また梯子段の中程に戻る。その後、気を取り直して芥川の自宅へ弔いに行く。百閒先生は翌日もまた梯子段の中程に上がり、ぼんやりと半日を過ごす。花崎は梯子段の中程がキーポイントだと思った。百閒先生は芥川の死の前後何日も梯子段の中程でぼんやりしている。普段上り下りする通路である梯子段、その中程で上るでもなく下りるでもなく、進むでもなく退くでもなくぼんやり腰掛けている状態、その場所その状態こそが死の予知や代理体験の暗示なのではないかと考えた。

花崎は『阿房列車』シリーズのいくつかを読んだ。松江行きの『菅田庵の狐』が百閒先生の作品らしくて面白かったが、選んだのは『雪中新潟阿房列車』だった。花崎の故郷への列車行ということで興味が沸いた。汽車好きの百閒先生らしく車内風景や人間観察、思い出話を織り交ぜた快適な汽車旅の描写は手慣れたものに思われた。しかし、新潟に着いてからの街の描写はほとんどなく、万代橋を渡ったことと砂丘へ出て佐渡の姿を探したが、真冬の曇り空で見えなかったことなどしか描かれていなかった。

私は少し失望したが新聞社の記者との問答は可笑しかった。記者が新潟へ来た理由や目的、予定、街の印象を訊ねるが、百閒先生の答えは「新潟へ来た理由は分からないが、来た」、「目的はない」、「計画は持ってない」など答にならない答で記者をケムに巻いていた。しかし、ケムに巻いたというより、そもそも百閒先生の列車旅には改まった用事や目的はない。花崎は要するに百閒先生の旅は、目的を持って目的地に行き、帰って来るという直線の上を往復する旅ではなく、起点から出掛け円環の上を一巡りして起点に戻って来る旅なのだと思った。『阿房列車』の旅が百閒先生の人生を象徴しているとは、そういうことなのだと納得できた。

その後、タネさんは下宿に姿を見せなかった。

花崎は水曜日か金曜日に授業をサボって神保町へ出掛け、本屋巡りの前後に高校の同期生、蘭さんのいるムサシノ軒に寄って昼食を食べることがあった。蘭さんが昼手伝っているのは水曜日か金曜日のことが多かった。蘭さんは遠い親戚が経営する堀留町のアパートに住んでいた。花崎がムサシノ軒に寄って和定食などを食べるのは客のピークが過ぎた時間帯だった。和定食にコーヒーは付かなかったが少し暇になった蘭さんがいつも香りのいいコーヒーをサービスしてくれた。何度目かにムサシノ軒で昼食を食べた時、タネさんが姿を見せることがないかどうか訊ねた。

「二、三度来たわよ」という返事だった。「連絡先知っているか」と訊ねると「ノー」という返事だった。蘭さんは舞台女優を目指していた。将来、どんな役でも演じられるようにムサシノ軒でバイトして客の人間観察をしていると明かした。花崎は一度、自分がどう見えるか訊ねた。蘭さんは少し首を傾げてから「花崎君は、純情だけど何事も不器用そうね」と笑った。花崎は窮屈な授業の時間割に追い掛けられていたが、授業以外は下宿で本を読んでいることが多く、相変わらず酒にも女にも縁がなかった。安部公房や開高健に引き寄せられて二人に関連する評論や雑誌の記事に至るまで神保町を探し回って楽しんでいた。いつ来ても都電を降りて神保町交差点から見上げる青い空は広かった。

昼遅く蘭さんに誘われて堀留町の彼女のアパートへ付いて行ったことがあった。花崎は純情で不器用と見られていた位だから信用されているのだと思った。部屋に入ると女子学生でも鏡台や化粧道具を持っていることに驚いた。舞台衣裳と称する奇抜で派手な衣裳に目を奪われた。暫らく高校時代にまつわる雑談をした。蘭さんは堀留町のことについても教えてくれた。このアパートのある場所は昔「新乗物町」と呼ばれていて、中島敦の祖父が生まれた町だということだった。花崎は高校の現代文の教科書で『山月記』を習ったので、中島敦のことは記憶していた。堀留町が細い糸で中島敦に結び付いていると聞いて、蘭さんは由緒ある土地に縁があるのだなと妙に感心した。

「花崎君、覚えているかしら。合併授業の英語の時間にあの怖い先生がザットの四つ混じった短文を黒板に書いて『誰か前に出て来て、これを日本語に訳して黒板に書いてみろ』と言ったの。先生の誘いに乗って勇んで前に進んだのがあなたでした」

花崎には全く記憶がなかった。「それでオレはちゃんと訳せたか」

「残念でした。『存在するものは存在する』とか書いて後が続きませんでした」

花崎は記憶してないことで蘭さんにバカにされたような気がした。

「花崎君、貶してる訳ではありません。皆が黒板まで出て行ったあなたの度胸に感心したのです」

花崎は機嫌を直した。

「花崎君、今ここで度胸試ししてみない」

純情で不器用と見られた花崎も蘭さんの言葉の意味するところは分かった。花崎はその気も度胸もないのに「またにしようよ」と言って蘭さんの部屋を後にした。

次に花崎がムサシノ軒に行った時、蘭さんはいつも通り愛想が良かった。ただ蘭さんに耳元で「早稲田なのに奥手ね」と冷やかされた。


秋が深まり大学構内の銀杏が色付き始めた頃、突然ジャンパー姿のタネさんが花崎の部屋にやって来た。ボストンバッグを持っていた。ムサシノ軒で百閒先生と三人で会って以来久し振りのことだった。タネさんが「一緒に食おう」と言って紙袋の肉まんを取り出した。「お茶でも出せよ」と言われたので花崎はポットでお湯を沸かした。

タネさんは言い訳した。「カフカの短篇の選定と翻訳に意外に手間取ってしまった。他にもいくつか仕事を掛け持ちしているからしようがない。今夜は別の仕事の翻訳もあるのでオレの部屋で徹夜だ」

タネさんはボストンバッグから封筒を取り出した。ボストンバッグの中に何冊かの本と分厚い辞書があった。タネさんは封筒から原稿箋を抜き出した。細かい文字の所々にドイツ語が走り書きされていた。

「前にあんたと二人で百閒先輩の短篇を選んだ。問題は百閒先輩の短篇とカフカの短篇の取り合せだ。

二人の作品を併載した時、どのような相乗効果が生まれるのか。百閒先輩とカフカを並べ、二人集として一冊の本になった時、一冊の本が異なる次元で新たな価値を生み出すのかどうか。その成否がこの企画の大事なところだ。百閒先輩はカフカと勝負して勝つんだと力んでいたが勝ち負けの問題、優劣の問題ではない。乾坤社からも言われているが、『面影橋』や『阿房列車』まで入れるとなると分量的に百閒先生の作品を削る必要があるかもしれない。オレの選んだカフカの短篇は五つだ。あんたにもオレの選んだカフカの短篇と二人で選んだ百閒先輩の短篇の取り合せの是非について意見を言ってもらいたい」

タネさんは肉まんを一つ旨そうに平らげると原稿箋に目を遣りながら本題に入った。

「オレは自分の選定眼に自信を持っている。カフカの五つの短篇をオレの眼で厳選した。百閒先生の作品との取り合せは素晴らしいものだと自負している。五つ挙げて各短篇の梗概とオレなりの解釈をあんたに聞かせる。まず一つ目は『狩人グラフス』だ。北イタリアの湖畔の町リーヴァに棺を乗せた船が着く。棺には、大昔、狩人だったグラフスが横たわっている。棺は水辺の館の二階に運び込まれ、待ち受けていた市長とグラフスとの対話によりグラフスの素性が明らかになって行く。グラフスは、大昔、山の中で獲物を追っていて岩から落ちて死んだ。岩から落ちて死んだのに、死にながらに今も生きているのがグラフスの正体で、死にながらに世界のあらゆる海や川を漂い続ける。要するにグラフスは死の国の中で生きながらに流され続ける」

花崎が口を挟んだ。

「この短篇は百閒先生の『冥途』に似ているような気がします」

タネさんが口を尖らせた。

「花崎、あんたの読みは浅い。『冥途』の空間とグラフスを乗せた船が漂う空間は根本的に違う。『冥途』には出入口があるが、グラフスの方に出入口はない。『冥途』の『私』はちゃんと暗い畑の道に帰って来る。グラフスは漂いつづけるだけで寄る辺がない」

花崎は、タネさんの説く『冥途』とグラフスの対比がよく呑み込めなかった。

「花崎、『冥途』と『グラフス』の違いは背景の違いでもある。ヨーロッパと日本の他界観の違いとでも言うか」

花崎にはタネさんが他界観の違いまで持ち出すのは大袈裟過ぎると思った。しかし、『変身』以外読んだこともない自分がカフカの作品についてとやかく言う資格がないと思った。タネさんが一口お茶を飲んで次に進んだ。

「二つめは『父の心配』だ。通称『オドラデク』とも言う。父の心配の種であるオドラデクは、糸巻のようでもあり二本の足で立っているようでもあり形は無意味だが完結しているようでもある。父は物のような人間のようなオドラデクの行く末を心配する。オドラデクは何か目的を完遂して死ぬという存在ではない。というよりオドラデクは死ぬことができない。花崎、オドラデクがどんなものか想像できるか。百閒先輩の作品にはこういうものはない。だから却ってこの作品を選んで百閒先輩の作品と取り合せることによって二人の個性が際立つと思う」

花崎は、オドラデクは形があるというよりカフカが作り上げた観念の塊のように思われた。それにしても花崎にとって『グラフス』も『オドラデク』も百閒先生の『冥途』も共通の根っこを持っているようにしか受け取れなかった。

「あんた、今度のカフカ・百閒二人集は選んだ作品の取り合せの妙によって素晴らしいものになる。ヨーロッパの冷たく青い空、そして乾いた空気と正体不明な人や形、片や日本の花吹雪を照り返す薄桃色の雲と湿り気を帯びた道、どこへ続いているのか分からない道を行く人やネコ。今回、『城』のような長篇は分量の関係で選べなかったが、こんな想像をしてみるのは楽しい。『城』のKが、百閒先輩の『冥途』に紛れ込んで律儀に測量を始める。百閒先輩の愛猫ノラがプラハのカフカの住んだ家、黄金小路に沿う二二号の小さな家に忍び込む。『判決』の息子が、百閒先輩の『稲荷』の中で流れている岡山の旭川に飛び込む。ハハ、妄想だよ。二人の作品が干渉し合ったり反発し合ったり縺れ合ったりして生み出す新たな価値、それがカフカ・百閒二人短篇集の狙いだ。読者が妖しくも禍禍しい妄想に駆られカフカと百閒先輩を飛び越えて異次元に超出することができるならこの本の出版は成功と言える」

タネさんは二つ目の肉まんを手に取りさっさと食べ終えると手で口を拭った。

「三つ目は、さっき息子を岡山の旭川に飛び込ませた『判決』だ。『判決』の息子が飛び込んだのはプラハを流れるモルダウ川だ。父が息子ゲオルクに判決を下す。溺死刑の判決だ。ゲオルクは筋の通らない判決を下されながら自らの意志で橋の上から川に飛び込む。刑吏のいない不思議な刑だ。ゲオルクが飛び込んだ時、橋の上は人の行き来で溢れ返っている。雑踏で溢れ返る日常がいつものように続いて行く。『変身』の虫になったグレゴールは父の投げたリンゴで深手を負って死ぬ。それで完結、物語のケリが付いた。ところが、『判決』のゲオルクは橋の上から飛び込んだが水面には達していない。死んだとも書かれていない。生は中断され未来の到達点は失われてしまった。判決が下した刑はそういう刑なのだ」

花崎はタネさんのカフカ観は偏っているような気がした。

「タネさん、今のお話を聞くとあなたの選んだカフカの作品はどれも生と死の狭間で行き迷いどこにも到達できない物語という点で似通っています。私は、どうしても百閒先生の『冥途』などが、カフカの『グラフス』や『オドラデク』、今お聞きした『判決』と同根だという思いを捨て切れないでいます。登場人物のあれこれは別として、物語を形作る構造というか枠組みというか、そういうものが似ている作品を並べても新しい価値の創造は生まれないと思うのですが」

突然、タネさんは原稿箋をボストンバッグに押し込むと、それを持って立ち上がった。

「文学のなんたるかも分からん経済の学生が生意気なことを抜かすな。オレが吟味して選んだ『狩人グラフス』も『オドラデク』も『判決』も皆同じだってのか。百閒先輩の『冥途』までいっしょくたにするのは許せない。歴とした専門家を舐めるんじゃない。もうお前なんか必要ない」

タネさんは「あばよ」と言い捨てて隣の自分の部屋に戻った。タネさんの部屋から大きな音量で歌謡曲が聞こえてきた。花崎はタネさんの怒りが正当なものとは思えなかった。しかし、タネさんを怒らせてしまっては、手付金一万円を差っ引いた四万円がフイになってしまうと落胆した。

その後タネさんは全く姿を見せなかった。

年が明けてから下宿の小母さんにタネさんのことを訊ねてみた。驚いたことにタネさんは下宿を完全に引き払い、引っ越したということだった。小母さんは引っ越し先を「確か新乗物町とか言ってた。そんな町、聞いたことがない」と答えた。花崎は、「新乗物町」と聞いて、聞いたことがある町名だと思った。暫らく考えてそこが中島敦ゆかりの町だと気付いた。タネさんらしい衒(てら)った言い方だと思った。「新乗物町」とは要するに今の堀留町のことだと思いが及んでハッとした。堀留町には蘭さんが住んでいる。タネさんは蘭さんの部屋に転がり込んだのではないかと勘繰った。

神保町へは相変わらずよく出掛けた。一度、ムサシノ軒の蘭さんに訊ねてみた。

「タネさんの連絡先知ってるか」

「ノー」という不機嫌そうな答が返ってきた。

「タネさん、ここへ来るか」

また「ノー」という冷淡な答が返ってきた。

花崎はそれ以上詮索しても無駄だと思った。

四年生になると就職活動が始まった。花崎は農業団体や出版社、放送局などの試験を受けたが軒並み落ちてしまった。最後は小さな業界新聞社を受けたが、そこも落ちて見切りを付けた。夏休みに入った七月いっぱいくらいまでにクラスの友人達の就職先はほぼ決っていた。既に受験できる会社は僅かになっていた。花崎は神奈川と新潟の公立高校の教員採用試験を受けるべく試験勉強に没頭した。採用試験は秋に入ってからだった。試験勉強の甲斐あって両方とも首尾よく合格したが赴任先が決るのは三月に入ってからとされていた。一月の卒業試験も無事終わり教職課程の単位を含め所定の単位は全てクリアーし、後は三月の任地の決定を待つばかりだった。先に神奈川の方から連絡が入ったが、校種や任地を熟慮した末丁重に辞退を申し出た。二、三日後新潟の方から連絡が入った。蓋を開けてみたら佐渡の水産高校だったのでがっかりし、神奈川の方を断ったことを悔やんだ。

水産高校での勤務は様々新鮮な経験に恵まれ楽しいものだった。三学年合わせて六クラスの小規模な学校だったが、インドネシア沖での遠洋実習など多彩なカリキュラムが組まれていた。

三度目の転勤で新潟に戻った。かなり以前から花崎は県内では大手の印刷会社を経営する大学の先輩から自分の会社へ来ないかと声を掛けられていた。花崎は三年前から勤めの傍ら、市内の同人誌に小説を寄稿し何篇か掲載されていた。根も葉もあるウソを根掘り葉掘り書く、まざまざと描く現実の背後から沸き出す夢幻。花崎の作風は同人からそのように受け止められていた。印刷会社の社長である上山さんは花崎が小説を書くことを聞き付け、自分の会社へ来ないかと誘っていた。上山さんはタウン誌の立ち上げを考えていて、主に地元の情報を提供する雑誌だが、東京の情報も盛り込んだ雑誌にしたいということだった。

花崎は三十代半ばの春、教員を辞め上山さんの印刷会社に入社し、タウン誌の編集に携わることになった。技術的なことに疎いため専門の編集スタッフに様々手ほどきを受けた。花崎の企画や提案は時に大当たりすることもあって仕事は面白かった。教員時代に生徒を引き連れて県内各地で社会調査や野外巡検を行なった経験が取材に生かされた。旅費付き取材費付きで東京に行ける立場も嬉しかった。上京すると必ず神保町に出掛け、ムサシノ軒に寄った。蘭さんは大学卒業後、小劇団で活動していたが、二十代後半に結婚したことを機に劇団活動から離れたということだった。結婚した相手はムサシノ軒の若主人で二人の間には女の子も産まれた。ところが、ムサシノ軒の経営をしていた夫が四十歳過ぎに亡くなったため、蘭さんがムサシノ軒の切り盛りをすることになった。或る年、初めて蘭さんから可乃さんという娘を紹介された。可乃さんは女子大でアジアの食文化を学ぶ清楚な学生だった。蘭さんは、いずれ可乃さんにムサシノ軒を任せる心積もりだった。その後、可乃さんが店を継ぎ経営が軌道に乗るようになると蘭さんはムサシノ軒を退いた。

花崎は長らくタウン誌の編集に携わった後、本社の印刷会社の非常勤役員に納まった。地元の町歩きの会やポタリングクラブの面倒を見たり、東京や隣県の同種グループとの交流会を企画、調整したりで結構忙しかった。花崎自身も東京の町歩きの会の会員になっていた。

或る年の五月、突然花崎にタネさんから電話があった。最初は相手が誰なのか分からなかった。タネさんが鶴巻町の下宿のことやカフカや百閒先生のことを口に出したので相手がタネさんだと気付いた。

花崎が「よくこの電話を探り当てましたね」と言うと、タネさんは「東京の電話帳を探してもあんたは見付からなかった。念のためＮＴＴの全国の電話帳が揃っているコーナーに出掛け、新潟版の中であんたの電話番号を見付けた」

花崎はタネさんの声を聞くのは三十何年振りだと思った。何で今更タネさんが登場するのか不思議な気がした。

「花崎、当時、あんたには手助けしてもらった。払う筈だった四万円もすっぽかしてそのままだ。借りを返すつもりでご馳走するから東京へ出て来い」

花崎は貰う筈だったお金のことを思い出したが、今更欲しいとも思わなかった。出版予定だった本について訊ねた。

「例の『百閒・カフカ　二人短篇集』はどうなりましたか」

タネさんが申し訳なさそうな声を出した。

「いい企画だったが、最終段階で頓挫した。その辺の経緯は会った時に話す」

花崎も短篇集が頓挫した理由に興味を覚えたので、出張の日程を繰り上げて上京することにした。

花崎は上京し、二日に亘る出張の用件を終えた後、御茶ノ水の駅から坂を下りて駿河台下の交差点に立った。靖国通りを渡り、夕方までたっぷり時間を掛けて書店街を巡り歩き、買いそびれていた全集の欠けた分三冊、全国いくつかの都市のタウン誌を買った。花崎はタネさんと約束していた時間よりかなり早くムサシノ軒に入った。可乃さんは切れ長の目をした和風美人だった。花崎は可乃さんと挨拶を交わした後、買って来た本をテーブルに積み置いて気ままに頁をめくった。六時過ぎにタネさんが姿を現わした。鶴巻町の下宿で会っていた頃に比べ頭は白くなっていたが、顔艶も良く眼差しも優しげで全体に悠揚迫らざる風格を湛えていた。お互いに握手をし再会を喜び合った後花崎の方から可乃さんに声を掛けた。

「お酒、例の二合半徳利で二本。ぬる燗で」

タネさんが驚いたように花崎の顔を見詰めた。

「おい、花崎、君は下戸だったんじゃないか」

「修練の賜で酒豪とまでは言えませんが、相当イケるクチに成長しました。家でも、毎晩、特注の二合半徳利で晩酌を欠かしたことがありません」

可乃さんが二合半徳利二本を運んで来て艶治な笑みを浮かべながら酌をしてくれた。そして、次々に料理を卓上に並べた。タネさんが徳利を一回転させて絵柄をしげしげと眺めた。

「この徳利はあの時内田百閒先輩にお酒を注いだ徳利だろう。龍が徳利の腹を半周している」

花崎も目を細めて頷いた。

「ところでタネさん、カフカと百閒先生の二人短篇集はなぜ刊行されなかったのですか。あなたに頼まれて百閒先生の作品を選び感想を書き出しました。門外漢ですがいい出来栄えだったと、今でも自負していますが」

タネさんが畏まって手を卓に突き頭を下げた。

「この通り謝る。この席を奢るということで帳消しにしてくれ。二人短篇集が刊行されなかった理由はこうだ。最後の段階でカバーに刷り込む惹句の文案を乾坤社の編集者が百閒先輩の自宅にお持ちしたところ文案を見て百閒先輩は激怒された。それきり二人短篇集の話は打切りになった。文案がどういうものだったと思う」

花崎は百閒先生が鼻を曲げるようなものだったのだろうと想像した。

「文案は単純だった。『カフカと日本のカフカの目眩く競演』。自分をカフカに準えるのは怪しからん。カフカがどれほどのものか知らないが、自分をカフカの下に置くのは許せない。しかも競演という表現も気に食わない。芸人じゃあるまいし何を演ずるというのかと。百閒先輩はオレが選んだカフカの作品と梗概を見た時点では、おれさまはカフカに勝ったと舞い上がらんばかりに喜んでおられた。刊行の中止はつくづく残念なことだった。それから一年ほど後に百閒先輩は急死された」

タネさんが花崎の盃に酒を注いだ。

「君も大田南畝の言う三楽の内、読書と酒の二楽はクリアーした訳だ。残るこっちはどうなんだい」

タネさんは右手の小指を軽く曲げて目の前に出した。花崎は答えなかった。

二人だけのささやかな宴を切り上げる頃、タネさんは相当酔っていた。席を立つ前に、タネさんは右手の小指を花崎の小指に強引に引っ掛け、子供じみた指切りをした。

「花崎。お前、折角東京へ出て来たんだから、明日もオレに付き合え。箱根の温泉に行こう。不老不死館といういい湯の沸く旅館があるので、そこに泊まろう」

花崎は、どうした風の吹き回しかと思ったが、タネさんの誘いに乗ることにした。翌日の夕方、箱根湯本の駅で落ち合うことを約束して二人はムサシノ軒を後にした。

次の日の夕方、箱根の不老不死館の広間に六人の客が横にひと並びに置かれた膳に着いていた。客は端からタネさん、ムサシノ軒前オーナー蘭さん、内田百閒先生、合羽坂の上で先生と同居していた芸者上がりのおこいさん、花崎、可乃さんの六人で、互いに見交すことも、言葉を発することもなく、じっと前を見据えたまま膳の料理を口に運んでいるばかりだった。

放哉が飛ぶ

私は敦賀で普通列車に乗り換え、初めて若狭の小浜に向かった。駅に降り立ち、小綺麗な駅前通りを海の方に進み、途中左へ折れると旧街道に沿うくすんだ低い家並みが続いた。小路の奥に学校らしい建物も見えた。オルガンの音は聞こえなかった。日盛りの中を二十分程歩き、町外れで旧街道が山側に曲がるあたりに常高寺へ上る参道があった。境内に入り、いくらかデコボコした緩い坂を進むと、途中から石段になった。石段を途中まで上ると最近再建されたらしい山門が見え、上り詰めると、突然、足元を線路が横切っていた。常高寺と記された小さな標板が踏切りであることを示していたが、何とも頼りなげな踏切りだった。古い山門の時代に、真ん前を無理矢理断ち切る形で線路が敷設されたため、レールより低い薄板が敷かれ、その先はコンクリートブロックが三枚置いてあるだけの踏切りだった。山門を潜ると、意外に広い境内が背後の山の方まで広がっていた。昔、火事で焼失したという本堂のあたりに小型の重機が放置され、整地の途中のような気配があった。右手に新しい庫裏が建てられていたが、本堂の再建されない境内はどこか間が抜けていた。私は境内をひと巡りしてから、剥き出しの地面の真ん中に立って山門の方に向き直った。腕を振り被って山門目掛けてシャドウピッチングを三回繰り返した。本堂のない境内は野球をするには、頃合の広さのように思われた。山門を貫いて小浜湾の凪いだ海が見え、それは静かな湖のように深い緑を湛えていた。私は声に出して俳句を口ずさんだ。

海がまつ青な昼の床屋にはいる

この句は自由律の俳人、尾崎放哉が詠んだもので、放哉がそれを認めたという短冊がなぜか私の実家にあった。実家の兄が父の遺品を整理していて見付けた代物で、兄の話によると、父が子供の頃、仲間と一緒に放哉と野球をしてその時もらったものだということだった。兄は短冊を放哉筆と信じたがり、その真偽について探ることを私に頼んだ。私は初め兄の頼みを迷惑に感じ、短冊の真偽についても胡散臭い気持ちがしていた。しかし、短冊の句が放哉の筆によるものかどうかは別として、放哉と少年時代の父達との出会いが本当だったとすれば、それはどのような経緯によったものなのか、自分なりに強い興味をそそられた。私は町の図書館に出掛け、放哉の全集まで買い込んで放哉の足跡をなぞった。その結果、小浜を訪れることになった。実際に常高寺の境内に立ってシャドウピッチングをしてみると、放哉と父やその仲間の子供達が野球に興じたことが嘘でもないような気がした。実家にはもう一つ短冊があった。

土塀に突つかえ棒をしてオルガンひいてゐる学校

私は改めて山門の向こうに見える海を眺め直した後、町へ下りることにした。山門の脇に句碑が建てられていた。

浪音淋しく三味やめさせて居る

破産する寺の行く末を予感していた放哉が独りで料理屋に上がり、開き直って寺のツケで芸者と遊び、飲み疲れて溜め息でも吐いたことを詠んだのか。私は山門を抜ける参道の方には向かわず、境内右手の車一台通れる程の坂を下った。途中、流水と彫られた水鉢に清水が注ぎ込んでいた。一すくい飲んでみると軟らかくて甘い水だった。放哉もこっそり寺を抜け出して町へ飲みに出掛けた帰り際、酔い覚ましにその清水で喉を潤したのではないかと思った。坂を下り切ると、道は線路の下を潜っていた。頭が支えそうな小さなトンネルがあった。

私は常高寺に近い三丁町に回り道した。薄暗い小路を挟んで格子の出窓が迫り出した料理屋が軒を並べていた。昼の旧遊郭は三味の音もなく静まり返っていた。

私は三丁町を抜け、放哉が句に詠んだ床屋が残っているのではないかと歩き回った。常高寺に近い旧街道沿いに二軒の床屋が見つかったが、いずれも海からは隔たっていた。放哉が詠んだ床屋は、鏡に青波が直に映っていなければならなかった。海沿いの広い道路に出て、町の中心の方へしばらく歩いたが、海に面した床屋は見当らなかった。広い道路を作るため、かつての海辺一帯を床屋もろとも取り払ったのか。事実がどうあれ私の脳裏には、海際にある放哉の床屋が波を鏡に映したまま、ありありと刻み込まれていた。

放哉は昼の床屋に入り、髪を刈ってさっぱりとした。小浜にようやく落ち着き所を得た安堵感を物語るように晴朗な句を詠んだ。しかし、それだけのことを詠んだに過ぎないのか。私は頭の中で勝手な解釈を楽しんだ。床屋の鏡に映る本物以上にリアルな海。時間の営みも、微かに歪んだ鏡面も等閑にして揺り返す青波。鏡に映るニセの海の只中に据えられた硬い革の椅子。青波を背後にじっとこちらを睨み据えている坊主頭の男。放哉自身にも見知らぬ放哉が鏡の中に坐っている。田舎床屋が小指を立てて翳(かざ)した剃刀(かみそり)の煌(きら)めき。ゾクッとする危うい光景だ。シュールレアリストなら鏡に一筋の血を滴らせ、けだるい真昼の惨劇を謳うかもしれない。勿論、惨劇など起こるはずもない。放哉は剃り終えた頭を撫でながら、海の方に向かって店を出る。鏡の中の背中も海の方に向かって歩き出す。放哉の上機嫌な気分とは裏腹に、この句は何か底知れぬものを籠もらせていた。私は最初、実家でこの句を見た時、特に何の感興も覚えなかった。しかし、何度も口ずさむ内に、この句の持つ曰く云いがたい怖さと妖しい魔力に惹かれていた。

私は海沿いの道路を歩き続け、町の中心に戻った。飲み屋に入り、夏牡蛎を頼んで冷酒を二本飲んだ。店の主人や他の客に放哉の床屋の句を挙げて、放哉のことを訊ねたが誰も知らなかった。私は拍子抜けする思いで残りの酒を呷った。ところが、それまで黙っていた客の一人がコミュニティーホールの図書室へ行けば、何かあるだろうと教えてくれた。私は飲み屋を早々に出て、予約してあったホテルに入った。死んだ後とはいえ、それなりに名の広まった放哉、常高寺に寺男として住み込んでいた放哉を地元の俳人や物好きが放って置くとは思われなかった。

一月程前、私は兄に呼ばれて実家で酒を飲んだ。他愛のない話の後で兄が隣の部屋から包みを持って来た。

「この春、親父の七回忌も済んだので、いよいよ遺品を整理することにした。詰まらぬ物は殆ど処分したが、こんな物が書棚から見つかった」

兄は麻紐で縛ってある柿色の包み紙を解いた。中から黄ばんだ短冊が出て来て、それを私に見せた。散りばめた銀箔が茶色に変色していた。二枚の短冊に一つずつ俳句が記されていた。

「これは親父が何とかという坊さんからもらった物らしいのだ。放という一字だけの署名なので思いあぐねていたが、昔、親父が懐かしがっていた坊さんの名前に思い当った。それは放哉という坊さんだった。親父は放哉坊、放哉坊と気安く呼んでいた。捨てたものかどうかと迷った末、お前に見てもらおうと思って取って置いた。お前なら郷土誌の発行にも関わりがあることだし、何か分かるのではないかと思って」

私は本業の傍ら地元の小誌に関わっていたが、それは俳句とは何の関係もなかった。私は俳句には疎かった。しかし、ウロ覚えながら、放哉という名前をどこかで見たことがあったような気がした。

「それは坊さんでなくて、俳人だと思ったが」

私は昔読んだ山頭火の本の中に、確か放哉のことが触れられていたのではないかと思った。

「山頭火と同じ系列の尾崎放哉という人物だと思う。小豆島で貧窮の果てに死んだとか」

兄が山頭火の名前を聞いて俄然嬉しそうな顔をした。

「そうか、あの山頭火の系列か。山頭火の系列に当たる人物が書いた短冊なら捨てたものでもないな。処分しなくて良かった。山頭火なら、自分も読んだことがある。俺は今でも山頭火の放浪行乞の生きざまが気に入っている。ま、この短冊が山頭火のものでないのは残念だし、放哉という人間がどの程度の俳人か分からんが、案外、値打ち物かもしれんな」

兄は放哉が山頭火と同系列の俳人と聞いて、その短冊を放哉筆と思い込みたがっていた。私は、放哉が大正時代の俳人だったのではないかと思い付いて怪訝な気がした。その当時、亡くなった父は何歳だったのか。恐らく、俳句など分からない子供だったに違いない。私は放哉の短冊と称する代物が実家にあることを不思議に思い、信じ難い気持ちで短冊を眺めた。

海がまつ青な昼の床屋にはいる
放

土塀に突つかい棒をしてオルガン
ひいてゐる学校
放

放という署名が句の字に負けぬくらいの大きさで記されていた。変哲もない情景を詠んだ平凡な句にしか思われなかった。私は兄に訊ねた。

「父さんがこの短冊をもらったのは、ほんの子供の頃のことだろう。なぜ、俳句も分からない子供が放哉からこの短冊をもらうことになったのか解せない」

兄は私にビールを注ぎながら答えた。

「親父は大正の末、小学生の時、全国少年野球大会の北陸予選に出場した。ちゃんと県大会に勝ち抜いて北陸ブロックの予選に進んだということだ。俺が子供の頃、親父は酔って機嫌が良くなると、その話を得意げに披露した。俺は野球が下手だったから親父の話にあまり興味が沸かなかった。それに、甲子園野球ならまだしも、尋常小学校の野球大会だというのだからな。しかし、当時、そういう大会があったのは確かだ。今はどこに失せたか分からないが、親父が大事に取って置いた予選試合の新聞記事の切り抜きも見せられた記憶がある。親父達のチームは北陸予選の決勝で負けたので、宝塚で行なわれた全国大会には出られなかったが、朝鮮や樺太など外地の選手団も全国大会には出場したそうだ。とにかく、親父達少年野球団は北陸予選の帰りにどこかに寄って坊さんと野球をしたのだそうだ。チームは一つしかないので、チーム同士の対戦は無理だった。坊さんは勝手気ままに随時、攻守所を変えて投げたり打ったり守ったりして楽しんだらしい。恐らく、その時、この短冊を放哉坊からもらったのだろう。山門から海が見える寺の境内だったと聞いた。北陸予選は金沢か福井で開かれたらしいが、確かなことは覚えてない」

兄と年の離れている私にはそんな話は初耳だった。私は妙な話の成り行きを遮った。

「事がそう簡単に運ぶとは思えない。父さん達のチームとこの短冊を結び付ける関係は何だったのか。両者を引き合わせた背景にある因縁が掴めなければ、この短冊が本当に尾崎放哉の筆によるものかどうか疑わしい。放哉と少年野球団の取り合わせは面白いが、余りに唐突過ぎる」

兄が不満そうな顔つきで自分のビールを飲んだ。

「お前の言うことも一理あるが、俺はこの短冊を放哉の筆になると信じたい。お前のお陰で放哉坊がかの有名な山頭火に近い人物だと分かったのだからなおさらのこと。額に収めて飾っておく」

私には兄の都合のいい思い込みがおかしかった。

「兄さんが勝手に信じたがるのは結構だが、訳の分からぬ代物を額に飾って客にひけらかすのはみっともない。この短冊が尾崎放哉のものかどうか何の確証もないのに、放哉筆と決め込むのは強引過ぎる」

兄は不機嫌な顔を露（あらわ）にした。

「要はこういうことが分かれば、納得できる。少年野球団が遠征の帰りに立ち寄ったのがどこなのか。少年野球団と放哉が本当に出会って野球をしたのなら、両者が出会うきっかけになった動機が何なのか、両者を引き合わせた仲介役が誰なのか。そういう因果関係が分かって、初めてこの短冊が放哉の書いたものかどうかがはっきりする。本当に、これが放哉の筆によるということになれば、兄さんも額に飾って大いに吹聴していい」

兄が口を尖らせた。

「お前はいつもながら理屈っぽい。話を敢えて面倒な方に持って行く」

私は兄を宥めるつもりで言った。

「案外、事の次第は単純なのかもしれない。父さん達少年野球団を北陸に引率して行った小学校の先生がいたに違いない。仮に、その先生も俳句を作っていて、放哉と何らかの関わりがあったとすれば、話は丸く納まる。その先生が少年野球団の選手達まで巻き込んで遠征の帰り序でに放哉に会いに行ったという可能性も考えられるからだ。兄さん、父さんの卒業した小学校へ行って自分で調べてみたらどうですか」

その後、不機嫌な兄と私の口数は少なくなって行った。私は腰を上げ実家から自宅に戻って飲み直した。

三日程経って、兄から私に電話があった。兄は父が卒業した小学校に出掛け、百周年の記念誌や古くからの写真帳を見せてもらった。その中に少年野球団の県大会での優勝や北陸大会への遠征の記事や選手の壮行記念写真も見付かったという。選手を引率した訓導の名前も記されていた。事務員に古い職員名簿を探してもらったところ、そこにその訓導の本籍地も載っていた。訓導の名前は石塚九太郎、本籍地は佐渡の或る村の大字となっていた。大正時代の本籍地に今もその訓導の親族が住んでいるかどうか心許なかったが、兄は番号案内を頼りにその字の同姓五軒に電話を入れた。五軒目の家でちゃんと話が通じたという。石塚九太郎の孫という人物が電話に出て、兄の問い合わせに答えた。石塚九太郎は若い頃、確かに父が卒業した小学校に勤務していた。子供達に野球を指導し、少年野球の北陸大会にも出場したという話も事実だった。兄は遠征の帰りに先生と子供達がどこかの寺に寄らなかったかと訊ねた。

電話の相手は、引率した少年野球団の記念写真は残っているが、遠征の帰りに石塚九太郎がどうしたかまでは今更分かるはずがないと答えた。兄は俳句のことも訊ねた。石塚九太郎が俳句を作っていなかったかどうか、俳人の尾崎放哉という人物と何か繋がりがなかったかどうかと。相手の返事は呆気なかった。石塚九太郎の専門は算数と音楽で、趣味は野球と囲碁しかなかったということだった。

兄は折角の調べが空振りに終わって気落ちしていた。

「この間、お前が、案外簡単に事の次第が分かるかもしれぬと唆すので調べてみたが、行き詰まってしまった。親父達少年野球団を引率した訓導のことが分かっても、その訓導と放哉の間に何の接点もないのではどうにもならない。振り出しに戻ったところで、是非、お前の力を借りたい。親父が放哉から確かに短冊をもらったということをはっきりさせてくれたら、片方の短冊をお前にやる」

私は兄の身勝手な頼みに腹が立った。実家の短冊が放哉のものだなどということは最初からありえない話に決まっていると思った。私は兄の頼みを放っておいた。

ところが、次の日曜日、私の外出中に兄が私の家に立ち寄って、新たな短冊のコピーを妻に預けて行った。妻から聞いた言づてによると、兄は小学校で見せてもらった卒業生名簿を手掛かりに少年野球団のチームメイトの家に出掛け、遺族から二つの短冊を探し出してもらったという。短冊は、実家にあるのと同じで銀箔が変色し、古び方も似ていた。

久しぶりのわが顔がうつる池に来てゐる　放

かたい机でうたた寝して居つた　放

私には上手い句なのかどうか判断できなかった。しかし、句の評価とは別に、私は子供達と無邪気に野球に打ち興じたという放哉という人物に対する興味が沸いた。私は兄の頼みを迷惑に感じながら、一方では放哉と少年野球団の関わりの有無を心ならずも探る気になった。

その後、私は腹を決めて町の図書館に出掛けた。図書館には山頭火の句集や評伝がかなりあったが、放哉の本は僅か一冊しかなかった。それは表紙に黴が生えた春秋社版の「尾崎放哉集—大空」という本だった。私はその本を手に取って飛ばし読みした。放哉が少年達と野球に興じたなどという、それらしい文章は見付からなかった。しかし、四つの短冊に書かれた俳句がいずれも放哉の小浜時代のものであることはすぐに分かった。最後の方に師匠の荻原井泉水（おぎわらせいせんすい）が書いた放哉の略歴が載っていた。放哉は四十二歳で死ぬまで二年余りの間、寺男などをしながら各地を転々としていた。京都の一燈園、常照院、兵庫の須磨寺、小浜の常高寺と渡り歩き、小豆島の南郷庵で最期を迎えた。私は山門から海が見える寺という兄の言葉を確かめるため、他の書架にある旅行ガイドの地図で小浜の常高寺の位置を調べた。確かに、その寺からなら海が見えそうに思われた。仮に、父達の少年野球団の北陸大会が福井で行なわれたとするなら、福井から放哉のいる小浜へ足を延ばすことも無理なこととは思われなかった。しかし、少年野球団とはいえ、いっぱしのチームが野球をやる程のスペースが常高寺の境内にあったのかどうか疑問に思われた。

私は図書館にあった本では物足りず、本屋に教えてもらって「尾崎放哉全集」を注文した。届いた本は昭和四七年刊、彌生書房版の分厚い全集で図書館にあった「尾崎放哉集」より遥かに詳しい決定版だった。私は小浜時代の放哉の俳句と書簡を重点的に読んだ。やはり野球のことを詠んだ俳句は見付からず、書簡の中にもそれらしい文面はなかった。私は少年野球団と放哉を引き合わせた人物の存在を想定し、小浜時代とそれ以前の書簡の中に該当しそうな人物を探した。特に新潟県の俳人に宛てた手紙はないかと探したが、放哉からの発信地は明記されていても、宛名人の住所まで記されているのは稀だった。

私は再び、当てもなく膨大な数の手紙を端折りながら読み進んだ。私の目は偶然、或る書簡の数行の所で釘付けになった。それは層雲編集部の小沢武二に宛てた京都からの手紙だった。放哉は常高寺の破産により小浜の町から追い立てられ、居場所を失って台湾に落ち延びようと迷っていた。

——啓、当地で、井氏に面会して渡台したいと思ひます。それ迄は表記に居ます。此の度、小浜から沼津、大阪、京都と大急行をやって、大に失念した事は、新潟、能保流君から頼まれた原稿と、九州、星城子氏からたのまれた原稿とを忘れて、無くしてしまった事です。……

新潟、能保流君とは何者なのか。文面の中で、放哉と能保流なる人物の関係がはっきりしないので、無くした原稿がどういう性質のものなのか理解できなかった。新潟という表現も県のことを指すのか、市のことを指すのか判断できなかった。能保流という名前も現実感の薄い妙な名前だと思った。しかし、とにかく、放哉の手紙の中で新潟の能保流という人物が出て来たことは拾い物だった。私はノボルと読むらしいその人物に拘ることにした。

私はもう一度、町の図書館に出掛け、地元の俳人に関する本を探して能保流の名前を見付けようとした。しかし、「ホトトギス」で活躍した新潟医科大学の教授達の句集や昭和期の地元俳人の俳人録はあったが、自由律の俳人に関する本はなかった。

私は諸々の事を含めて、直接、小浜へ出掛けて確かめてみようと思った。粋狂な自分に半ば呆れ、妻からも妙な目を向けられながら、私は短い夏季休暇を使って小浜へ行くことに決めた。常高寺の境内が野球をやる程の広さなのか、本当に山門から海が見えるのか、放哉が少年野球団と野球をしたのは確かなのか。小浜へ行けば、広く流布する放哉の評伝とは別に、地元の研究家の記録した隠れた報告や見聞談の類が見付かるような気がした。小浜時代の放哉と関わっていたと思われる能保流のことも掴めるのではないかと期待した。

私はホテルで遅い朝食を食べてから、近くのコミュニティーセンターに出掛けた。私は一通り俳句や郷土史の書架を巡り、放哉関係の本を探した。それはどこにも見当らなかった。司書に放哉のことを訊ねると、索引カードで探してから閲覧を申し込むよう指示された。幸い、件名カードに尾崎放哉があったので、閲覧を申し込んだ。司書は書庫に入ったまま、中々出て来なかった。しばらく経って出て来ると、本ではなく、角がボロボロになった大きな厚い封筒と薄い封筒を目の前に置いた。私はそれを受け取り、座席に就いて厚い封筒の方から開けた。口紐を解いて中身を取り出すと、初めて見る俳誌、層雲が何冊も出て来た。いずれも、放哉死後大分経った戦後の号ばかりだったが、小浜時代の放哉に関する小論が断続的に載っていた。私は期待に胸弾ませて年次順に読み継いで行った。しかし、論者達の記述は極めて些細なレベルに拘って、互いの論を戦わせているに過ぎなかった。参道を断ち切った鉄道線路に対する補償金はどうなったのか、本堂焼失の真因はどうだったのか、住職の人となりや隠し子の有無、住職の息子である英語教師の早逝、常高寺破産の経緯等、いずれも面白い論攻だったが、私の当面の関心からは逸れていた。私は失望して雑誌を封筒に仕舞い、溜め息を吐いた。期待もせずに薄い方の封筒も開けてみた。中から放哉の書簡のコピーが出て来た。差し出し日時の順番とは関係なしにホチキスで止められていたが、ホチキスの針は半ば錆びかけていた。小浜から発信したものだけでなく、須磨寺からの手紙や小豆島からの手紙のコピーが脈絡もなく綴じられていた。明らかに古い書簡集をコピーしたように見受けられたが、いくつかの手紙を読むと、既に全集の中で読んでいた馴染みの手紙が多かった。私は退屈な気分でコピーをめくり、文面を追い続けた。

私は、突然、一枚のコピーに目を奪われた。それは師匠の井泉水に宛てた大正一四年九月の手紙だった。

――啓、小為替封入の御手紙本日着、……　で始まる文面の中程に、思い掛けず能保流の名前があった。しかし、私には中段以下の文章に記憶がなかった。

――オカゲと云へば……新潟の田舎の同人、心象社の（能保流氏が主として）人が、アナタが此間、アチラを旅行なすった時に御目にかゝってから……大いに同情してくれて只今書いて居ます、此大きな原稿用紙や（此ノ原稿用紙ニハ驚イタ）切手、ハガキ、状袋、便せん、本、ハミガキ、シャボンを送って来てくれました……手紙の中に曰く……「此邊の吾吾は皆ホントに貧乏な百姓計りでありまして、全く少し宛、持ち出シテ、貧者の一燈であります、が、御受取り下さい……此間も井師が御出の時、御目にかゝりたく「金」がないので……しかし、逢ひたくて……艸浦城……ハ時計を賣ツテ其ノ金で御目にかゝりに出かけましたといふワケ、

註、（私は、其の勇敢な事ヲ、大イニホメテ……能保流君ニ手紙ヲヤリマシタヨ、呵々）――

私は全集の書簡の中でこの文章を見た覚えがなかった。文面は放哉と能保流の間に具体的な関係があったことを示していた。能保流が放哉に物品を援助している後援者の一人であることが明らかだった。小沢武二宛ての手紙にあった能保流の原稿紛失の件と重ね合わせて考えてみると、能保流が放哉に句稿を送って選句を頼み、その見返りに物品の援助をしていたことが想像された。新たに艸浦城という人物が出て来たことも収穫だった。私は思い掛けないコピーを目にして、ようやく小浜に来た甲斐があったと喜んだ。早速、その手紙を司書にコピーしてもらった。しかし、能保流がどういう人物なのか、果た

して彼が父達少年野球団と放哉を引き合わせた仲介役だったのかどうか、皆目、見当が付かなかった。

私は新潟に帰って直ぐ、読み飛ばしたまま中断していた全集の書簡を読み返した。小浜の図書室でコピーを取ってもらった文章を探した。該当する全集の書簡には、やはり、

――啓、小為替封入の御手紙本日着、云々に続く前半の部分は載っていたが、後半の放哉と能保流の関係について物語る肝腎の部分は（後略）として削除されていた。なぜ、肝腎の後半部分が削られているのか、私には解せなかった。しかし、その経緯がどうあれ、私は新潟の能保流と放哉との関係から推して、少年野球団と放哉を引き合わせた人物を能保流に仮託するしかないと思った。問題は何を手掛りに能保流という人物の輪郭を証せばよいのかということだった。私は思いあぐねた末、結局、俳誌層雲の中で能保流の輪郭を探るしか術はないと思った。私は大正時代の層雲があるかどうか町の図書館に問い合わせた。所蔵してないという返事だったが、よその図書館にあるかどうか調べてくれるということになった。翌日、図書館から層雲の原本が東京の大学図書館に所蔵されているという電話が入った。たまたま、それは私の母校の図書館だった。私は大学の図書館に問い合わせ、層雲が僅かの欠号を除いて殆ど揃っているという返事を得た。

残暑の厳しい頃、私は上京した。私は、学生時代、図書館を頻繁に利用する程勉強熱心ではなかった。空き時間には、野球場で選手の練習風景を眺めることの方が多かった。その野球場が跡形もなく潰され、グラウンドの跡に全く新しい図書館が建てられていて驚いた。

私は同窓であることを示すプレートを受け取って、雑誌の書庫に入った。層雲が明治末の創刊号以下書架に並ぶのを見て圧倒された。どこから抜き出せばよいのか戸惑ったが、関東大震災以降の巻を取り出して机に運んだ。小手調べに各号の目次中心にめくって行った。様々な俳人の名前が並んでいたが、私には主宰者の井泉水の名前しか分からなかった。どの号も、別格扱いの有力作家の本欄、それに次ぐ習作欄、雑吟欄という三段階のランクによって構成されていた。しかし、面白いのは俳論やエッセイに混じって、口語詩まで掲載されていることだった。大正十三年の十一月号には、後に現代詩の大家となった村野四郎の自由律俳句が載っていた。

十二年から十三年にかけて放哉の朝鮮時代の句が散見された。放哉の句だけを纏めた死後の全集と違い、多くの俳人の句に混じって、初出の二句、三句程が挟まっているのが微笑ましかった。十三年に入ると放哉の句は別格扱いされるように多数載っていた。須磨寺時代の句が大きな活字で載っていた。しかし、私の本意は能保流を探すことだった。放哉が能保流について触れた手紙は大正十四年のものだった。私は十四年の一月号から注意深く頁を追い始めた。二月号に能保流の名前が見付かった。私の胸は高鳴った。それまで、能保流は私にとってリアリティーの薄い存在だったが、一個の俳人として層雲に名を連ねているのを目の当たりにすると、急に身近な存在に感じられた。井泉水選の人天壇という欄の上位九番目に能保流の句が選ばれていた。

冬の温みの川石を脊負い上る
冬雨一時の音の止みし火の音

田の水白々薄闇の冬木
雀が落穂を拾って飛んだよ太陽が入る
冬陽温みしから松の葉を掃く

優れた句なのかどうか、自由律らしい句なのかどうか、私には上手く評価できなかった。しかし、いきなり五句載るのは予想外な気がした。一月号や十三年の各号に戻って探してみたが、能保流の句は見当たらなかった。五つの句は、能保流が層雲に初めて登場したことを証していた。時期的には、まだ、放哉が須磨寺にいた頃に当たり、二人の交流が始まっていたのかどうか分からなかった。能保流よりかなり下位に艸浦城の句も二つあった。姓は高田となっていた。能保流と高田艸浦城の句は農村に住む者が詠んでいる衒いのないものに感じられた。勿論、二月号には、既に別格扱いになっていた放哉の句が多数載っていた。編集の都合なのか、二部に分けられ、それぞれ、人天龍象、眞實不虚とタイトルが付いていた。いずれも須磨寺で詠まれたものだった。見覚えのある句がいくつも並んでいた。素人目にも放哉の句が能保流や艸浦城のそれより優れているのが分かった。放哉は、何の変哲もない、ほんのそこにある句材を不思議な世界に転轍し、特有のユーモアを醸し出す。ミクロ世界を平明清澄に詠みつつも底知れぬ時空に読む者を誘い込む、そんな魅力を持っていた。能保流や艸浦城の句は実直平易だが、冒険のない凡庸なレベルに止まっているように感じられた。

翌三月号にも能保流の句が載っていた。私はそれまで能保流という名前を正確にはどう読むのか知らなかった。単純にノボルと呼ぶのが妥当なのだろうと思っていたが、他の俳人と違って、苗字を冠していないことを不自然に感じていた。私は三月号を見て、ノボルという呼び方が間違っていたことを知った。そこでは能と保流の間が明らかに一字分開けた形で活字が組まれてあった。結局、能という姓で、保流という俳号の人物だと考える他なかったが、能という姓はそれまで聞いたことのない姓だったので馴染めない気がした。能保流の句は五句から八句に増えていた。

夢の世界から歸つてゐた私であった
私のかげがある唄ってゐる　　　他、六句。

四月号にも九句載っていた。五月号では、芹田鳳車選の雑吟（二）の二番手として載っていた。

座布團折り重ねた枕で寝てしまった　　以下七句。

鳳車の選を受けて、井泉水が評を書いていた。

――保流君の句では「座布團」が好い。「折り重ねた」とまで丁寧にいはずに無雑作に云う方が其の氣持にはまる。――

保流君という表現が、能保流の正確な呼び方を物語っていた。次いで、六月号でも二句が評の対象となっていた。七月号では、放哉の句が小濱に來てと題して本欄の冒頭を飾り、能保流と草浦城の句が雑吟欄に仲良く並んでいた。私は能保流の句は全てノートに書き写していた。八月号と九月号に能保流の句は載っていなかった。放哉の方は順調だった。海の床屋の句が九月号に載っていた。能保流は十月号で復帰し、遂に井泉水選の雑吟欄のトップに躍り出ていた。私は能保流の句を昭和二年まで洩らさず書き写していたが、途中で止めた。句を通して、彼が農夫らしいことは窺えたが、それ以上のことは何も分からなかった。放哉と能保流の関係を解き明かし、少年野球団との絡みの有る無しを掴むためには、是非とも、能保流の側から放哉との繋がりを探ることが必要だった。そのためには、能保流の当時の居所を突き止め、できれば能保流の周囲にいた存命者から能保流と放哉との関わりを聞き出さなければならないと思った。さもしいことだが、私は小浜へ出掛けた頃から、手前勝手な下心と功名心を持ち始めていた。兄の頼みなどどうでも良かった。諸々の絡みを解きほぐし、放哉と少年野球団の関係を事実として証すことができたら、それを自分の関わる郷土雑誌に発表するつもりだった。既に「大正期―尾崎放哉と少年野球団の交歓試合」というタイトルも考えてあった。

私は一旦、図書館を出て、坂下の食堂に入った。丼を食べながら放哉の食物に対する浅ましいまでの執着を思い浮べた。放哉は小豆島で極端な困窮生活を送りながら、蒲焼きや海老のテンプラ、スキヤキ等を頻りに食べたがっていた。図書館に戻った後、新たな糸口を掴むためには、層雲各号の後の方に載っている通信欄、支部雑報や動静を含む通信欄に踏み込まなければ、埒が開かないように思われた。仕切り直しのつもりで改めて大正十三年からの通信欄を追った。全国各地にある支部の例会等の報告が続いた。細かい活字で分量も多いため、俳句を追うより目が疲れ、徒に時間が過ぎて行った。大正十四年の七月号の通信欄に入って、ようやく、新潟縣東蒲原郡という文字が目に飛び込んで来た。それは上段最終行の見逃しやすい位置にあった。私はじっと目を凝らし、指で活字を追った。

□『心象社』
所在地　新潟縣東蒲原郡豊川局區内　日野川

下段右に下がると、

支部員　能保流、加藤春火木、猪石青水、渡部舟可水
　寛土平、長谷川幻亭、泉象祐、阿部夜詩影、
　冬野枯木、松村雨治、長谷川呑鯨、石田磧水
　高田草浦城（客員）高橋星山、
幹事　高田草浦城

支部員の先頭に能保流の名前があった。私は胸の内で快哉を叫んだ。支部員の意外な数に驚くとともに、斬新さを売り物にする層雲の支部が県境の郡にあったことに意表を衝かれた。能保流を始めとして

支部員の姓名の正確な読み方が分からなかった。

ノウ　ホリュウ、カトウ　シュンカボク、イイシ　セキスイ、ワタベ　シュウカスイ、カン　ドヘイ、ハセガワ　ゲンテイ、アベ　ヨシカゲとでも読むのか。しかし、とにかく、支部の住所と能保流の俳句仲間のことが明らかになったことは、その日最大の収穫だった。同じ頁の直ぐ後に、『心象社』の幹事が能保流に変更されたこと、最後の方に高田草浦城が岩船郡に轉任したことが記されていた。時期を違えて郵送された報告が同じ号に載ったものと思われた。私は目を皿のようにして以後各号の通信欄を追い続けた。十五年の一月号に支部の名称が『み山の會』と変更され、能保流が幹事になった記事が見付かった。どの記事も送ってから二月程後に掲載されているらしく、恐らく、支部の名称変更は十四年秋のことと推定された。能保流と放哉の関係について触れた記事はなかった。

十五年二月号の通信欄に、能保流の署名でみ山の會十二月だよりが出ていた。句会の様子が報告され、支部員十三名互いに深更一時過ぎまで句を詠み論じ合い大氣焔を上げたとなっていた。句会の延長に酒が出されたような雰囲気だった。最後に全員の句が並び、能保流の句が締め括っていた。

草山草から明ける雨ふる　　　　保流

十五年二月号が発行された頃、既に放哉は小豆島の南郷庵で重病の床に臥せる日々を送っていた。その後、放哉は十五年の四月に待ちわびた春から独り取り残されるように南郷庵で最期を遂げた。み山の會の通信は、放哉の死後途絶え、十五年の七月号に再び現われた。二つの報告が同時に載っていた。み山の會支部員が集まって四月と五月に営んだ放哉供養の報告だった。四月の報告は、放哉先生讃仰と題されたものだった。放哉は四月七日に亡くなっていた。

——放哉先生初七日目の十三日の夜には保流居に於て、初願忌を営みました。會するもの井龍、木悦、まさる、夜詩影、保流、鶴野の六名——甚だしめやかな香のにほいでした。今は黒わくにおをさめした先生の近影。五日にお認めになった絶筆——供物の中には、先生のお好きな浄水とお茶とが捧げられ。浄水はめいめいが、新しく新しくとお代えしたことでした。

今は佛の手紙束ねてゐる　　鶴野

他、五句が記されていた。続けて二十七日に当たる十九日（五月）夜から二十日にかけての法要と追悼句会が報告されていた。最後に集まった十三人の俳句が連ねてあった。

その葉書からたった二日のほとけ　　保流
逝いた師の寫眞一枚ある　　白水
一枚のはがきのわかれであった　　雨治　　等。

放哉は彼らの後援に応えて、自分の写真まで送っていた。それが法要に据えられた黒わくの近影であるに違いなかった。

私は初七日の報告の中で能保流が——五日にお認めになった絶筆——と言い切っていることや、鶴野以下の句の中に放哉が余りに生々しく憑き過ぎているような気がして胸騒ぎを覚えた。

五日に認めた絶筆とは何を指すのか、その葉書からたった二日のほとけとはどういう意味なのか、私は強い関心を抱いた。それは放哉が死ぬ二日前、即ち、四月五日のことではないのか。私は放哉が直接能保流に宛てた葉書や手紙の文章を見た記憶がなかった。

私は能保流宛ての手紙の有無を確認するため、閉館時間を気にしながら急いで書庫を飛び出した。全集のコーナーに向かい、慌てて尾崎放哉全集を見付け出し、書簡の最後の所を読んだ。七日付けで島という人物に出した葉書が載っていたが、愉快げな文面の調子から推しても、何日も以前に投函を頼まれた誰かが大分の消印で出したらしいことから考えても、その葉書を放哉最後の葉書と受け止めるのは無理な気がした。五日付けで南郷庵から師匠の井泉水に出した葉書こそ最後の手紙と考えるのが妥当だと思われた。その葉書は、自分がころりと参ったら井泉水に土かけてもらうつもりと書いたもので、最後はこうなっていた。

……親類ト云フ名ヲ……キイテモ、イヤニナル、呵々。

中々、マダ死ニマセンヨ死ニマセンヨ。

半ばおどけた調子で、まだ強がりを吐いているのが却って哀れを誘った。しかし、私は一方では能保流の記した絶筆という言葉に対して強い拘りを捨て切れなかった。私はしばらく考え込んでから年譜の歿後の所を読んだ。そこには昭和二年に刊行された井泉水編『放哉書簡集』が挙げられていた。私は閉館を知らせる放送を聞きながら、検索カードでその書簡集を探したが、それは所蔵されていなかった。私はケリの付かない気分のまま、新宿のホテルに入った。

翌日、私は前に新潟の図書館でその存在を聞いていた俳句文学館に電話を入れて問い合せた。昭和二年版の放哉書簡集がそこに所蔵されていることが分かったので、早速、俳句文学館に出掛けた。その書簡集は、放哉が死んだ直後に井泉水が全国の層雲同人に呼び掛け、同人が放哉から受け取った書簡の写しを集めたものだった。昭和二年というのは、昭和元年が僅か一週間程しかなかったので、放哉の死んだ大正十五年の翌年に相当した。能保流が受け取ったという葉書は書簡の部には出ていなかった。しかし、幸運にも付録として加えられていた層雲同人の書いた追悼文の部に、能保流の「はがき」と題した追悼文が載っていた。その冒頭がこうなっていた。

「井師には一寸内報してありますが、實の處は、放哉非常に病氣がいけないのです。實際、御察し以上の形勢にあるのであります。」

これが、能保流が放哉から受け取った葉書の中身だった。病状を伝えるだけの短い文面だが、放哉の明らかに切迫した様子を窺わせるものだった。

能保流は放哉の葉書を紹介した後、自分の追悼文を続けた。かなり長い文章だった。

――おそらくこれが「絶筆」であろうところの五日にお認めになった放哉先生からのお便りです。しかも七行の間に三字消されてあるのです。「非常」「形勢」の御言葉、それに三字の抹消、おどろいて井師へお伺いもし、同人へ「通知」を飛ばせる――その時は……先生はもう、「命より外、捨てるものは何物もない」そのお命がもう、「みほとけ」におなりなのでした。御見舞いがまだ届かないだらううちに、弔電を打たなければならないのでした。――

私の目を惹いたのは後半の部分だった。井泉水の句を引用し、それを受けてタイトルの「はがき」の性格が述べられていた。

白いはがき澤山持って死んでゐた（井泉水）

――通信を好まれた先生に、その通信費さえ御満足のほどお送り出来なかった私共、最近にお送りした「はがき」も、その「はがき」の中に交ってをることとおもひますと、いひしれぬ寂寥と悔とがひしひしと迫ります。

あれもこれもと、たゞおもったゞけ。今は先生のお寫眞にお詫びするばかりを悲しみます。こんな私に常高寺以来、何彼と御指導下され、鉢巻の手拭までもおいひつけになった先生、師としてのおごそかと師弟としての親しみ、これは人の世にはあんまりにも稀な、何といふけだかさでせう。「はがき一枚でもよいから毎日よこせ」――その葉書一枚書くさへもせず、俗人のいひわけに過して来つた私、先生により俳句に入り、先生により育った、先生の「たった一人の女弟子」の妻と、今は盡きせぬ悔を抱いて毎日の焼香と合掌にみおしへを拝する外ないのです。――

最後は、

――同人一同に変わりまして謹而哀悼の意を表します。（四月二十八日）――

となっていた。井泉水の句は、放哉の死を聞いて駆け付けた時の哀悼句だった。亡骸の傍に使い残しの葉書が多く残っていたのだろう。手紙魔であった放哉を彷彿とさせる句だった。能保流が追悼文の題にした「はがき」とは、放哉から受け取った葉書のことではなく、能保流が送ってやった未使用の白紙の葉書のことを指していた。放哉と能保流の交流が小浜の常高寺の頃から始まっていたこと、能保流やみ山の會同人が郵便を介して放哉から直接指導を受けていたこと、能保流が物品のみならず、恐らく、通信費という名目でそれなりの金員を放哉に送っていたと思われることなどが能保流自身の筆で明らかにされていた。私は、放哉から四月五日付けで出された井泉水宛てと能保流宛ての葉書のどちらが絶筆なのか考えた。井泉水宛ての葉書の方は、自らの死をテレ隠しの笑いでゴマカシているような気味があった。能保流宛ての葉書の方には、放哉が危機的な状況に直面し、慌てていることを伝えているような気がした。

——井師には一寸内報してありますが——

の中の内報とは、先に出した井泉水宛ての葉書のことを指すように思われた。そう考えると、恐らく、五日の早い時間に井泉水宛てに、——マダ死ニマセンヨ死ニマセンヨ——という葉書を出し、その後、午後にでも能保流宛ての切迫した葉書を出したと考えるのが理に叶っているように思われた。私は放哉から最後の手紙を受け取ったのは、師匠の井泉水ではなく能保流の方だと確信した。決定版とされる昭和四七年刊の尾崎放哉全集に、なぜ能保流の受け取った葉書が出てないのか不思議な気がした。私は午後の新幹線で新潟へ戻った。

私は帰宅後、全集を注意して読み返した。大学の図書館でメモして来たみ山の會支部員の名前を、書簡一覧にある宛先別発信数の中に探すと、渡部舟可水と長谷川幻亭の名前が出ていた。舟可水は、放哉が自分の写真を送るとほのめかす封書を受け取っていた。幻亭は、放哉が自らの青春時代を打ち明けた手紙を受け取っていた。それは、放哉が東大の卒業証書を卒業後四年も取りに行かなかったという呑気なエピソードを交えたかなり長い手紙だった。放哉は幻亭に打ち明け話をしながら、後で別人に宛てた手紙の中で幻亭をこきおろしていた。私は層雲の中で発見したみ山の會の所在地、東蒲原郡豊川局區内日野川を地図の中に探した。日野川という字は会津に接する県境の村の中に見付かった。

私は次の日曜日、その村に出掛けることにした。大正時代に活動したみ山の會支部員で生きている者がいるのかどうか心許ない気がしたが、現地へ行けば、能保流のことや能保流と少年野球団の関係が間接的にであっても掴めそうな気がした。そして、ひょっとして能保流や、舟可水、幻亭が受け取った放哉からの葉書や手紙が発掘できるかもしれないというさもしい気持ちが頭をもたげた。特に、能保流に宛てた放哉の絶筆の葉書が見付かれば、自分が書くつもりの郷土雑誌の原稿にも大いに箔が付くと思った。

私は日野川へ出掛ける次の日曜日まで、毎晩、東京で集めて来た能保流関係の資料や放哉の全集を読み継いだ。放哉の俳句は復習のつもりでゆっくりと味わってみた。改めて興味を牽いたのは次のような句だった。

何もかも死に尽くしたる野面にて我が足音
つくづく淋しい我が影よ動かして見る
静かなるかげを動かし客に茶をつぐ
一日物云はず蝶の影さす
せきをしてもひとり

私は五つの句に何か共通するものを感じ取った。次の二つの句にも似たようなものを感じた。

井戸の暗さにわが顔を見出す
わが顔があった小さい鏡買うてもどる

私にとっていずれの句も、主体としての放哉が留守になって、空耳のような足音、虚像である影、咳だけの虚しい響き、そして井戸や鏡に映る顔が生身の放哉を超えて明瞭に実体化されているように感じられた。蝶もまた、実体化された虚像としての放哉を象徴するもののような気がした。放哉は虚実が反転する不思議な世界を鮮やかな輪郭で切り取っていた。私は実家にある短冊の句、海の床屋の句も思い返した。頭を剃り終えて店から海の方へ帰る鏡の中の背中、それは正に虚実反転の世界を物語っていた。もう一つ、

久しぶりのわが顔がうつる池に来てゐる

この句にも同質のものを感じた。

私は、二晩掛けて放哉の書簡も読み通した。

放哉は人嫌いだった。だから、小豆島に転がり込んで、独居隠棲し句作に耽った。放哉は人恋しかった。だから、郵便局が驚くほどの手紙を全国の同人とやりとりした。できれば、師匠の許しを得て全国に培養した句友を当てに一本立ちしたいというはかない願望も抱いていたのではなかったのか。しかし、咽喉結核が彼の身体を蝕み、将来の望みを裏切り始めていた。

旧暦の新年に入る頃から、薬やその代金、注射、そして病状や死について触れることが多くなって行った。

――……マア、死ぬ迄只（句三昧）デ死なしてもらひたいと思ってゐます。（許さるゝナラバなる可早ゝ、呵々）

――此間、「暦」を買って来ました、（旧暦が入用故）……シカシ（放哉死ぬ日）とは、どこにも書いてありません、呵々……

放哉の生と死に対する本音がどの辺にあったのか、私には上手く読み取れなかった。生に対する執着と死に対する諦観が、文字では表現できない真底の次元で縺れ合い反発し合って放哉を激しく苛んでいたように思われた。しかし、放哉は自ら始末の付けられない葛藤を呵々という表現で無理に笑い飛ばし、笑い飛ばした後で自分を嘲って黙り込む、そんな風だったのではないかとも思った。

ところで、私は旧暦の新年に入ってからの手紙の中に、どこか現実離れした面妖な感じのする文章を見つけた。リアリストの放哉にしては珍しいほどナンセンスでシュールな内容だった。旧暦新年五日に飯尾星城子に宛てた手紙の中に初めて出て来たものだった。その後、似た内容の手紙を何人かに出していた。

△此事は已に申上げましたかな？……静座して、お経をよんでゐると、……放哉、ドッカニとんで行ってしまって……只、オ経の声ばかりであります……外にはなんにもない……オ経ヲヤメルといつの間にやら放哉坊主、チャンと、もどって来てゐます、イヤ、その早いこと早いこと。読メバ、どっかに居

なくなるし……、ヤメルト……チャンと、もどって来て坐ってます……困った放哉坊主だよ……

どっか、行ってしまった切りで、永久に、もどって来るなよ。咄、咄』

これは井泉水に宛てたものだった。

お経を読む生身の放哉から放哉が飛んで行ってしまう。座布団に坐る放哉は声だけになって、幽体となった放哉の方が実体化されてどこかに行ってしまう。行ってしまった切り永遠に戻って来るなよという表現に私は底知れぬ恐ろしさを感じた。私は影の句や鏡の句、床屋の鏡の向こうに遠ざかって行く男の背中を思い浮かべ、放哉のこの面妖な読経話とそれらが全て繋がっていると思った。放哉は南郷庵の四角い部屋に読経の声だけを残したまま、伸縮自在に捻れる時空の中を、筒袖の腕を真直ぐ伸ばし、禿頭を突き出して空を切り、下駄を履いたまま飛びすさる。死を真近に控えた放哉が、実体化された虚像となって生と死の狭間に己れを永遠化する、そうした願望が読経による遁術という妄想を生み出したような気がした。

私は予定通り日曜日に列車で東蒲原へ向かった。津川の駅でバスに乗り換え、み山の會があった日野川を目指した。バスは比較的平坦な段丘の上を走った。右手の大きな谷に靄がかかっていた。私はバスの運転手に日野川はどこで降りればよいのか訊ねた。高谷という停留所で降りればよいということだった。四十分程、バスに揺られ、県道に交差する支流の谷に下り、小橋を渡って上り切ると高谷の停留所に着いた。私はバスを降りて直ぐ目に入った右手の茶屋の前に立った。湊茶屋と染め抜いた暖簾の掛かる店で、たばこの赤い旗が力なく垂れていた。私は軒端の自動販売機で缶コーヒーを買い、店の中を窺った。剥出しの土間の左側は小上がりになっていて、奥には囲炉裏が切られていた。右側は欅の一枚板のカウンターになっていて、中に紺絣を着て赤い細襷を掛けた女が坐っていた。年の頃、三十半ば、切れ長の涼しげな目をした雪のような白い肌の女だった。手前に黒光りする頑丈そうな箱階段が置かれ吹き抜けの二階に手摺りが巡っていた。私は「ここが日野川なのか」と訊ねた。女は訛りはあるが、丁寧な口調で小字名や学校名の付いた停留所三つ分が、大字日野川だと答えた。私はこの辺りに「能」という家がないかと訊ねた。女は「さあな」と首を捻って思案し、この辺では聞いたことのない苗字だと訝った。「この村に住んでいた俳人なんだが」と補うと、女が「いつ頃の人かね」と訊ね返した。私が「大正時代の俳人だ」と答えると、女は「古い話だね」と言ったきり黙り込んだ。私は缶コーヒーを啜ると、外へ出た。

私は、県道に沿って細長く続く家並みを辿った。途中、小さな小学校があった。何軒かの茅葺き屋根の農家が目に付いた。日野川百貨店という看板を掲げたよろず屋や、製材所、目星い農家等に立ち寄って、能保流やその同人のことを訊ねたが、確かな手応えは得られなかった。能という苗字の家はやはり存在しないようだった。念のためノボルという呼び方でも訊ねたが、名前だけではどこの誰やら見当が付かぬと言われた。長谷川幻亭や渡部舟可水、阿部夜詩影、杉崎木悦については、それらがこの村ではありきたりの大姓で、名前が俳号では誰のことか分からないとあしらわれた。村人にとって、大正時代の、しかも自由律の俳人のことなど至極縁遠い話のようだった。

しかし、小一時間もうろうろ訊ね回って諦め掛けた頃、火の見櫓に隣り合う農家の玄関先にいた老爺に能保流以下の名前を挙げて声を掛けると、阿部夜詩影についてなら知っていると告げられた。

「それは、阿部好永と書いてヨシエイと呼ぶ人さ。ヨシカゲなどとは呼ばない。小学校の先輩で、自分が子供の頃、隣の隣の村へ婿に行った。好永さんは婿に行った先の村政に関わって大いに貢献した人物だ」

夜詩影はヨシカゲではなく、本名の通りヨシエイと読むことが初めて分かった。老爺は県道に出て、吸い差しのキセルの先で日野川の入り口の方を示し、湊茶屋の先を左に折れて突き当たった赤いトタン屋根の家が阿部好永の実家だと教えてくれた。私は礼を言い、元来た道を引き返して教えられたように湊茶屋の先を左に曲がった。竹林沿いに進むと、犬が激しく吠え立てた。横に渡したケーブルに鎖で繋がれた白犬が歯を剥いて私を威嚇した。そこが赤いトタン屋根の家だった。私はうるさく吠える犬から身を躱しながら、戸の開いた玄関に立って声を高めた。

「こちらが阿部好永さんのお宅でしょうか」

奥から四十過ぎと思われる主人が出て来た。

「あんた誰だい」

「好永さんやその仲間のことを調べている者です。こちらがその御実家だと聞いたものですから」

「好永はこの家から、とうの昔、婿に出た人間だ。今更、何で好永のことを」

「好永さんは、大正の終わり頃、層雲という俳句雑誌に俳句を発表しておられたはずなのですが。そのことでようやく村の人にこちらのお宅を教えられてお邪魔したのです」

私は夜詩影という当時の俳号を記したメモを示した。

「大分前に亡くなった祖父の弟だ。私は戦後生まれで、祖父さんの弟の若い頃のことなど何も知らない。俳句のことも聞いてない。母ちゃんが生きていたら、何か分かったかもしれんけど」

私は期待薄の気持ちのまま、一応訊ねた。

「こちらに何か好永さんに纏わる物が遺されていませんか」

主人は、「さあな」と気のない返事をしながらも「夜詩影の名宛ての葉書を見たことがある」と呟いて奥に引っ込んだ。大分間があってから主人が丸い額の中に無造作に重ねて収められた葉書や封書を持って来た。封書の表書きは阿部夜詩影様となっていた。私は頼み込んで居間に上げてもらい、額から外した葉書や封書を手に取った。小さな短冊が一枚紛れていた。

雑草深い井戸がある

几帳面な筆遣いが実直な人柄を偲ばせる短冊だった。主人は額の中身を開いたこともないが、永い間、押入れの隅にあったのを思い出して取り出して来たと言った。五、六枚の葉書は、舟可水や春火木、草浦城、木悦からのものだった。どれも短い文面の葉書だったが、自由律らしい短律の俳句が添えられ、評を乞うていた。渡部舟可水の葉書がどこから出されたのか消印不明だった。加藤春火木は村内から、杉崎木悦は北隣りの県境の村から、高田草浦城は岩船郡から夜詩影宛てに葉書を出していた。擦り切れた縁を繕った封書は長谷川幻亭からのものだった。私は便箋を抜き出して、その文面を読んだ。

――お元気のことと思います。小生、昨晩も瀬波温泉で芸者を揚げて大騒ぎした。乱痴気騒ぎの後、潮騒を聞きながら芸者と枕を交わしたが実に乙なものだ。山住まいの貴君にも潮騒の音を聞かせてやりたい。小生の記者生活も震災以来久し振りだが、温泉場の探訪記事を書くことも地方紙にとっては大事なことだし、自分の気質に合っていて至極愉快だ。村上支局は支局長の自分だけの局なので、全て一人で取り仕切っている。企画の面でも経費の面でも我侭が利く。しかし、遊んでばかりいると誤解せぬようお願いします。

此の度、我が新発田新聞では投句欄を刷新することになった。勿論、選句のモノサシは層雲のモノサシで行く。なにしろ、自由律俳句の先進地たる日野川から小生が平場に罷り出て来たのだからな。ついては、句欄活発化のために貴君初めみ山の會支部員の積極的な投句をお待ちしている。自由律俳句に暗い当村上地方の読者に是非とも見本を示してもらいたい。かつての支部員の俳句は優先的に掲載の積もり。選者は初めは小生がやるが、いずれ能保流に務めてもらうようお願いしてある。辛辣な批評は覚悟すべし。いよいよ、小生、層雲の自由律の何たるかを此の地に喧伝せんものと意気込んでいる。貴君も精々モダンな句を送ってくれ給え。――

私は幻亭の行状に夜詩影に対する得意を感じ、句欄に賭る意気込みにカラ元気めいた危うさを感じた。封書の消印はかすれていたが、辛うじて昭和二年と読み取れた。他の葉書も殆ど昭和になってからのものだった。能保流から夜詩影宛ての郵便はなかった。二人が同じ日野川に住んでいたため、郵便のやりとりをする必要はなかったのだと思った。私は主人に能保流のことを知らないかと訊ねた。ノウ　ホリユウとノボルの両方の呼び方で訊ねた。

「ノボルなら近所の子供の中にいるが、ノウ　ホリュウなどというのは聞いたこともない」

「好永が婿に出られる前、一緒に俳句を詠んでいた人です」

私は四十代の主人が何も知らないのも無理からぬことだと思った。

「好永さんが俳句を詠んでいたことも今知ったくらいだもの、とても七十年も昔のことを知る訳がない」

「この村には、古くからの俳句の結社が残っていませんか。関係者に当たれば、何か掴めると思うのですが」

「新しい俳句グループはあるようだが、古くからの結社はないと思う。しかし、俳句といえば、この村では、三留風満楼という人が一番有名だ。自分も子供の頃、学校の遠足で峠を越えて、その人の立派な句碑を見に行った覚えがある。その時、風満楼の生家の爺さんが句碑の前に立って自分等生徒達に何か説明してくれた。話の中身は、風満楼が大した俳人だったという内輪賞めのようなことだったと思うが、その他のことは覚えてない。確か、風満楼も大正時代に活躍した人だったと聞いた。恐らく、あんた、その生家へ行けば何か分かるかもしれぬ」

私は、風満楼という俳人が大正時代の人間だと聞いて、能保流と関係があるかもしれないと思った。しかし、風満楼という古風な俳号は自由律の俳句には似付かわしくないように思われた。それに日野川へ来ても能保流のことが皆目掴めないのに、新たに別の俳人の筋から手掛かりを求め、そこから改めて能保流を手繰り寄せようとするのは無駄なような気がした。主人は億劫な気持ちになっている私に構わず、風満楼の生家のある村をメモ用紙に図示してくれた。それは日野川から一山越えた所に位置し、バスで行くなら、途中、乗り換えなければならないということだった。私は主人に礼を言い、表に出た。県道の停留所でバス時刻を確かめ、遅い昼食を摂るつもりで湊茶屋に入った。私は紺絣の女になめこ蕎麦を注文した。女は「何か掴めましたか」と愛想笑いを浮かべ、料理の材料を調える手を休めた。カウンターにスキヤキの材料を揃えた大皿が二つ並んでいた。新しい一升瓶も五、六本並んでいて、小上がりには菰被りも見えた。

旨いなめこ蕎麦だった。私は今夜、宴会でもあるのかと箱階段の方を見ながら訊ねた。

「はあ、急に予約が入りまして。なんか大事な会合らしいとか。途中、特別なお客さんが来なさるそうで、そのお客さんがスキヤキが大の好物だというのです」

私は蕎麦湯を啜りながら、小休止のつもりでしばらくそれまでのことを振り返った。能保流と放哉の関係は、既に明らかだった。そこで、放哉と父達少年野球団の間を取り持った人物を能保流と睨んで日野川まで来た。しかし、肝腎の能保流のことが掴めず、私は往生していた。能保流が放哉から受け取ったという絶筆の葉書、それを拝めるかと思った虫のいい期待も空しく潰えてしまったような気がした。俳句に疎い自分が、事の顚末を簡単に明らかにできると思い、その成果を郷土雑誌に寄稿してやろうなどと考えたことに、内心、忸怩たるものを覚えた。私は蕎麦の代金を払ってから湊茶屋を出た。間もなくバスが来た。どうせ、風満楼の生家を訪ねたところで、遠回りすることになるだけで大した実りを期待できるとは思えなかった。しかし、私は成り行き任せの気分で風満楼の生家を訪ねる気になった。夜詩影の家の主人に教えてもらった通り村役場の前でバスを降り、しばらく待って下りのバスに乗り換えた。バスは日野川と山一つ隔てた東側の深い谷沿いを上った。十五分程乗って、略図に書かれてあった停留所で降りた。バスが走り去ると、私は人気のない村に独り置き去りにされたような気分になった。その村は右手から下る支流が落ち合う場所に当たり、バスが通る県道は左手の谷沿いに消えていた。私は略図を見ながら右手の支流沿いに歩き始めた。偏頭痛を起こしそうな重苦しい気配が谷一帯に籠もっていた。私は不快な汗を拭きながら山道を辿った。略図は粗く書かれていたので、風満楼の生家がある村までの距離が掴めなかった。途中、堪え切れずに道端の大きな石に腰を下ろして休んだ。休んで立ち上がろうとすると、めまいがするようで直ぐには腰が上がらなかった。気を取り直してゆっくり歩き始めると、右手の崖に雪崩防止用のネットが張られていた。四十分ほど歩くと、道の左手に土盛りした小さな薬師堂があった。その傍に立派な句碑が建っていた。思い掛けず、それが風満楼の句碑だった。

栗のほ
　たまさかに
　　郵便の来る

能保流と同じ自由律の俳句のような気もしたが、こんな山奥に自由律の俳人がいたのかと訝しい気がした。

一旦、緩い坂を下ると、轟々と音を立てる小さな滝が奔騰していた。道は滝を掠めて大きく迂回し、曲がり端から急登した。剥き出しの崖の下に錆付いたブルドーザーが無残に横転していた。滝の上に出ると小平地が開け、二十戸足らずの農家が緩く湾曲して並んでいるのが見えた。私は少し歩いて、村の取っ付きの農家に寄った。

「ご免ください」と声を掛けると、奥から中年の女が顔を見せた。三留風満樓の家はどこかと訊ねた。女は私の風体を吟味しながら外に出て、「あれが風満樓先生のお宅だ」と指差した。先生という言葉の響きに恭しさが籠もっていた。私は銀色のトタン屋根の家を目指した。石段を上って玄関に立った。

「こちらが風満樓先生のお宅でしょうか」

左の居間から話し声が聞こえたが、返事はなかった。私はもう一度声を上げた。障子戸から男が首だけ出して私を胡散臭く窺った。

「突然、お邪魔します。俳人、三留風満樓先生のことについて何かお話を伺おうと思ってお訪ねしたのですが。できたら先生の周辺の方々や、この地方の俳句世界のことについても何か分かったらと思いまして」

男は警戒するような顔付きで答えた。

「風満樓は七十年も昔に亡くなった。おらは俳句のことなんか興味もない。あんた誰だ」

私はすげない応対に戸惑って、話の継ぎ穂を失った。

ところが、部屋の奥から細いが凛とした高い声がした。

「上がりなされ」

私はその声に救われた。障子戸から顔を出していた男が不機嫌そうな素振りで私を居間に上げた。居間には火のない薪ストーブがあって、子供の玩具が散らかっていた。声を掛けてくれた老人はキセルに刻みたばこを詰め、一服吸ってからおもむろに私の方に向き直った。

「あんた、どこから来なすった」

私は新潟から列車とバスを乗り継いで来たと告げた。

「よくおいでなすった。ご苦労さんなこってす。ところで、風満楼先生のことでどうかしたか」

私は風満楼が俳句で活躍した時期とその拠り所が何だったのか知りたいと告げた。老人は頷いて目を細め、キセルの火玉を灰皿にポンと叩いた。

「風満楼先生は、こんな山奥に置いておくには勿体ない位の傑物だった。在所のダヴィンチと呼ばれた人で、俳句だけではない様々なことに万能振りを発揮された。この男のお祖父さんに当たるが、この男の生まれる前に死んでしまったから、先生のことは儂の方がよく知っている。俳句で活躍したのは大正時代から昭和の始めの頃だ。昭和に入って間もなく四十代の若さで亡くなった」

私は風満楼がダヴィンチに例えられたことを、何とも大袈裟過ぎると思った。風満楼の孫という男は迷惑そうな顔付きで俯(うつむ)いた。私は念のため老人の年令を訊ねた。

「日露戦争の始まった年に生まれたから、九十五になった」

私は驚いて老人の顔を見詰め直した。細面に鋭く光る目、鼻筋の通った顔の色艶、贅肉の落ちた身体はシャンとしていた。とても九十五歳には見えなかった。私は自分の名刺を出して遅れ馳せに自己紹介をし、老人の名前を訊ねた。

老人はただ「源也だがね」と答えた。

「風満楼先生は小学校しか出てなかったが、新しモノ好きで様々な事に手を染めた。まだ、ここらに電気が来ない頃、前の小川に水車を架けて電気を起こし、それをこの家に引っ張り込んで電灯を灯した。測量算法が得意で測量に長けていたが、凄いのは目測だけで起伏のある山の一定面積をピタリと当てることだった。とても、常人の及ぶところではなかった。儂も一度蔵書整理を手伝ったことがあったが、大変な本の数だった。科学書は言うに及ばず、漢籍から当時流行の新文学まで、あらゆる分野を勉強していた。町場の者に負けたくなかったのさ」

風満楼の孫は所在なさそうにテレビを見ていた。私が黙って聞いていると、源也老人はいつまでも風満楼の多才振りを話し続けるような気がした。

「風満楼先生の俳句はどうだったのですか」

「先生も初めは旧派の俳句をやっておった。しかし、とにかく、モダンなことに惹かれておったから、途中で新式の俳句に鞍替えしなすった。そうさ、先生は大枚叩いて『層雲』の社員になった」

私の心は昂ぶった。

「層雲というのは、尾崎放哉で有名な層雲のことですか」

源也老人は頷きながらも手を振った。

「放哉は風満楼先生の兄弟弟子にしか過ぎない。どちらも井泉水直系の弟子で、儂らは放哉の句より、風満楼先生の句の方がよほど上手いと思ったものだ。あんた、そこをわきまえてくれねば困る」

私は坐り直して畏まった。源也老人が急に一句諳じた。

風よ深夜の水音をもたらす

独り言のようなさりげない口調だった。源也老人が若やいだテレ笑いを浮かべた。

「ハハ、風満楼先生が選句して、層雲に送ったところマグレで掲載された儂の唯一の句だ。ちょうど、二十歳の頃のものだ。この句が雑吟欄に載った後も、毎月、自作を先生から層雲に送ってもらったが、これ一回切りで終わった。ハハ。自由律は取り着きやすいようで中々どうして、難しいものだ」

私はこの村に俳句の座があったのかと訊ねた。

「単なる座ではない。この村にはちゃんと層雲の結社があったのさ。村の男連中が皆参加した。儂が一番若かった。風満楼先生が創立し、命名した『吹雪吟社』という結社だ。しょっちゅう、句会を開いていた。何か自由律を詠んでいると、こんな山の中にいても都会の人間に負けないモダンなことをしている、そんな気分に浸ることができたのだ。皆、風満楼先生のお蔭さ。この小村ぐるみ歴とした層雲の支部だったということだ」

私は成程と感心したが、肝腎の能保流のことを忘れた訳ではなかった。

「吹雪吟社と日野川にあったみ山の會は、何か関係があったのですか。同じ大正時代の層雲の支部だった訳ですが」

「その通り。風満楼先生はこの村に吹雪吟社を創り、後で峠一つ越えた隣の西川村にも層雲の自由律俳句を広めようとされた。先生自ら向こうに指導に出掛けもし、向こうからも教えを乞いに来る者があった。時々、向こうの連中がこっちへ来て吹雪吟社の句会に客員として参加することもあった。連中、最初はズブの素人だった。そうこうする内に、連中は『心象社』を結成し、それが『み山の會』に発展して行った。吹雪吟社の方はこの村挙っても二十数戸の支部に止まったが、み山の會は地の利を得ていたので同人が増えて行った。しかし、あんた、くれぐれも吹雪吟社とみ山の會が同格だったと思わないでもらいたい。み山の會は風満樓先生の薫陶の下、吹雪吟社から枝分かれして行ったのだからな」

源也老人は吹雪吟社とみ山の會の格の違いに拘った。私にはそのことはどうでもよかった。肝腎の能保流のことを聞き出したかった。

「お爺さん、能という人をご存じですか。保流という俳号を持った人物です。ひょっとしてノボルと呼ぶのかもしれませんが。み山の會の幹事をしていたとか。実は私はこの人物について調べているのです」

源也老人が高笑いした。

「あんた、最初、何と言った。ノウ　ホリュウと聞こえたが」

私は頷いた。

「その男、儂より年令は上だが、俳句の道では儂の後輩に当たる。確かにノウとかホリュウとも自称していたが、能という苗字ではないし、保流という俳号でもない。ちゃんとした苗字名前がある」

私は固唾を飲んだ。

「長谷川昇というのが本名さ」

源也老人は手近のメモ用紙に長谷川昇と書いて私に示した。

「俳号を能保流と書いてノボルと読ませ、苗字は略していただけだ。自由律の俳句にうつつを抜かしているることを伏せて置きたかったのだろう」

私は余りに平凡な姓名を聞いて、はぐらかされたような気がした。本名を聞かされてみると、能という苗字で訊ねても、単にノボルという名前だけで訊ねても、探り当てることができなかったのも当然だと思い知らされた。私はノボルと口に出して訊ねた。

「能保流は農家の人だったのですか」

源也老人は大きく首を振った。

「あそこの家は、ただの百姓ではない。山持ちで銅山まで持っていた家だ。このあたりの村で自転車を買ったのも、扇風機を使い始めたのも、電話を引っ張ったのもあの家が最初だった。能保流は新潟の師範を出た尋常小学校の訓導で、師範を卒業して直ぐ新潟市内の学校に勤めた。その内、転勤になって自分の村に戻って来た。小さいながらも複式の学校の校長を務めていた。日野川の自宅からハイカラなキッドのカンガルー革の長靴を履いて自転車通勤していた。山家の貴公子然として金縁眼鏡を掛け、謹厳実直を絵に書いたような人間だった。そんなタイプだったから、尚更、モダンな自由律の俳句に執心していることを教育界の上の方に知られたくなかったのだろう。それで字を読んだだけではフルネームの分からない能保流という妙な俳号にしたのだ」

私は能保流が尋常小学校の先生だったと聞いて昂ぶりを覚えた。或いは能保流が最初に勤務した新潟の小学校が、父達の少年野球団を擁する学校のことなら大いに脈があると思った。少年野球団を北陸大会に引率した石塚という訓導と、能保流が同僚だったということであれば、その関係から石塚訓導に引率された少年野球団の選手達が放哉に引き合わされた可能性が十分想定された。事の次第が、いよいよ一つの環を描いて繋がると思った。ところが、私が父の卒業した小学校の名前を出して、能保流の初任校と同じかどうか確かめてみると、残念ながら源也老人は学校の名前までは覚えてないと答えた。私はがっかりして力が抜けるような気がした。しかし、気を取り直し、少し観点を変えて探りを入れた。

「能保流は小浜や小豆島時代の放哉を大分後援していたようですが」

「儂もそれは知っている。能保流が、一旦、校長を辞めて家の跡を継ぐべく林業や銅山の経営に本腰を入れ始めた頃のことだ。同時に、み山の會も一番盛り上がっていた頃だ。彼ら同人は、どういうツテによるのか郵便で放哉の選句を受けるようになった。まるで放哉を直系の師匠と崇め、放哉傘下の支部を気取るような按配だった。能保流の妻、田鶴子は井泉水の層雲に加入したというより、いきなり、放哉に入門したようなものだ。その代わり、み山の會の連中は放哉に大分金品をせびられ、田鶴子などは放哉が小包みで送って寄越した汚れ物まで洗濯して返送したとか。儂ら吹雪吟社の方は、風満樓先生が放哉とは飽くまでも同格だったので、放哉の風下に立って放哉の選句を受けたり、手紙のやりとりをするということはなかった。別に二つの支部が喧嘩別れしたということではないし、その後も、互いに行き来はあった。しかし、二つの支部を同列に並べることはできない」

源也老人は、当時、み山の會やその同人達の勢いに乗った活動をどう感じていたのか。その口振りには吹雪吟社が置き去りにされて行くことを悔しがるような響きが籠もっていた。

私は、なぜ、自分が能保流のことを調べているのか、それまでの経緯を打ち明けた。実家に放哉の書いたと称される短冊があること。それは父が少年野球団の北陸大会に出場した時、遠征の帰りに小浜へ寄って放哉からもらったものらしいこと。少年野球団を引率した訓導は俳句に縁のない人物だったので、その訓導が自らの意志で放哉と接触したとは考えにくいこと。当時、放哉と手紙のやりとりをし、放哉を熱心に後援することによって彼と最も近しい関係にあった新潟県人は能保流以外に考えられないこと。訓導の経験があった能保流と少年野球団を引率した訓導が親しい間柄にあったとすれば、能保流がその訓導を放哉のいる小浜へ差し向け、少年野球団の選手達も放哉に引き合わされる結果になった可能性があること。そして、その時、少年選手達と野球に興じた放哉が、自分の俳句を短冊に認め、少年達にくれたのではないかということ。私は自分なりのそうした想像が的を射ているとすれば、話全体が一つの環を描いて収まり、実家にある短冊の真偽もはっきりするのだと説明した。源也老人は私の回りくどい説明をたやすく呑み込んでくれた。

「要は能保流と少年野球団を引率した訓導が友達でであれば、何らかの理由で能保流がその訓導と少年野球団を放哉に引き合わせることになったということになるのだろう」

私は深く頷いた。

しかし、源也老人の口から一連の因果関係を証すような言葉は出て来なかった。み山の會の同人でなかった源也老人に、能保流と放哉の関係について詮索するのは、そもそもお門違いと言わざるを得ないのかもしれなかった。私は半ば諦めて溜め息を吐いた。

「能保流は小学校の校長をいくつか務め、視学官にもなったが、戦後日野川へ戻って来て農林組合の役員をしている時に亡くなった。五十代半ばの歳だったと思う」

私は今更と思ったが、参考までにみ山の會の他の同人について訊ねた。

「長谷川幻亭というのはどんな人だったのですか」

源也老人は鼻白んだ顔をした。

「おお、幻亭か。あいつは気障な男だった。髪をオールバックに固め、吊りズボンを穿いて、マドロスパイプを吹かす遊び人風の男だった。関東大震災まで東京で新聞記者をやっていたが、震災後こっちへ戻って来た。能保流より早く、東京にいる頃、既に自由律を詠んでいたと聞いた。女を孕ませたとか、時計を売ってその金で女に会いに行ったとか、そういう句を作る男だった」

私は、放哉が誰かに宛てた手紙の中で幻亭をこきおろしていたことを思い出した。夜詩影の家に残っていた手紙の文面も源也老人の言葉を裏付けているような気がした。

「放哉が死んだ春、能保流は教職に復帰し平場の学校に赴任して行った。西蒲原の学校だ。やがて始まる不景気を察知して教職に復帰したのかもしれぬ。幻亭も新発田新聞に記者の職を得て、村上の支局長になった。二人とも自由律を平場や町場に広めようという野心を持っていた。山の中にいた人間が、町の者にモダンな俳句を嗅がせようというのだから大した度胸だ。実際、幻亭は自分の新聞の投句欄で選者を務め、後で能保流も引き込んで選者に据えた。そのお蔭なのだろう。確かに、新発田新聞の投句欄の入選者はみ山の會の同人が多かった。幻亭は村上で新たに『扉の会』という自由律の結社を作って、俳誌も発行した。そこに載ったのも、み山の會同人の句が多かった。幻亭が新発田の本社に転勤になった後、それを引き継いだのが村上の連中を中心にした『渚の会』という新結社だ。この会はずっと後になってから行脚途中の山頭火を迎えて句会を開いたこともある。幻亭は、新発田の本社に移っていたので、山頭火と出会うことはなかった」

私はみ山の會が細い糸で山頭火に繋がっていたことに興味を覚えた。源也老人は茶を啜り一息入れてから声を潜めた。

「能保流も幻亭も、結局、層雲で大成しなかった。本欄入りはできず、習作欄止まりで終わった。層雲のスターであった放哉が死んでしまったので、放哉後援の一角を占めていたみ山の會関係者の存在意義がなくなったということかもしれない。散々、放哉に金品までせびられたのに気の毒な話さ。幻亭や能保流が井泉水の許しもなく、勝手に新聞の句欄の選者を務めたことも、疎んじられた理由かもしれん。後で、二人は層雲を離れるハメになってしまった」

源也老人は他の同人についても、記憶している範囲で教えてくれた。

渡部舟可水は、能保流が日野川から転出した後、み山の會を引き継いだ。後で舟可水も層雲を離れ、俳号も改めて独自に句を詠んだ。

阿部夜詩影は、当時、み山の會の中で一番若い独り者だったが、他の村に婿入りすることになって俳句と縁を切った。

高橋星山は通称「タガ屋」と呼ばれた桶職人で、日野川で句会が開かれる時には、二里の夜道を熱心に通った。

岩船の小学校に転勤した高田草浦城は、晩年まで旺盛に活動を続けた。短歌や詩も作り、地元紙の詩欄に頻繁に入選した。その頃は本名の延喜を名乗っていた。詩欄の選者は現代詩の大御所村野四郎が永らく務めていた。常連である高田草浦城こと延喜と選者である村野四郎は、共に大正時代の層雲に投句し入選していた者同士で、二人は晩年まで浅からぬ因縁で結ばれていた。

源也老人は他にもみ山の會同人の若い顔触れを挙げた。

「儂ら吹雪吟社の同人は全てこの村の武骨な農夫ばかりだった。み山の會の方は樵や猟師もいたが、若い月給取りが多かった。教員や郵便局、避病院の職員、水力発電所の技手なんかがいて、妻君にたまにはコロッケやライスカレーを作らせてモダンを気取るようなハイカラ風情が多かったのさ。山住まいの身に飽き足りない青年連中が、時代の先端を行く自由律の俳句を詠んでモダンに憧れていたのだ。大正時代というのは、今思うと、妙にフワフワした時代だった。層雲の俳句もモダン運動の一環として、こんな山ん中まで波及して来たのさ」

私は源也老人の年に似合わぬ抜群の記憶力に感心した。しかし、そろそろ腰を上げる潮時だと思い、せめて能保流の家だけでも見届けて帰りたいと思った。私は能保流の家を教えてくれと頼んだ。源也老人は悠長な物腰でガラス窓を開け、吸い差しのタバコの煙を逃した。窓からフェーン気味の生温く重苦しい風が入って来た。風満樓の孫は所在なくテレビを見続けていた。源也老人がフイと立ち上がった。

「あんた、儂の家に寄ってくれ」

私は要領を得ないまま、源也老人に随いて行った。村の中ほど、道から少し奥まった高処に源也老人の家があった。

「ここで待っててくれ」

私は庭先に残され、池の錦鯉を眺めながらぼんやりと突っ立っていた。時計を見ると、四時半を過ぎていた。

「お待たせした」と言いながら、源也老人が姿を現した。私はその姿を見て呆気に取られた。洒落た茶色のハンチングを被り、黒のダブルに紐タイを結んだ格好は溌剌としていた。しかし、ズボンや履物を見ると、いかにも不釣り合いな感じがした。浅黄のニッカボッカーにゲートルを巻き、地下足袋を履いていた。首に唐草模様の風呂敷包みを括り、ベルトに時代物の矢立を差す、そんないでたちに、私は「良くお似合いです」と言いながら笑いを噛み殺した。

「どこかへお出かけですか」

源也老人はムスッとした顔で答えた。

「何を言うか、あんた。あんたは能保流の家を見たいのだろう。黙って随いてくりゃいい。蕨峠を越えれば直ぐだ」

村の家並みが途切れると、道は登りになった。源也老人の足取りは、最初はのんびりしていたが、勾配がきつくなった辺りから、俄然ピッチが速くなって行った。私は息を切らしながら随いて行くのがやっとだった。源也老人の足取りはとても九十五歳のものとは信じられなかった。道は、途中、三度大きく曲がりくねった。私は汗を拭きながら喘ぎ続けた。

「峠の上まで、後どのくらいあるのですか」

「ほんのそこだ」

背後から重苦しい空気が吹き上げて来た。鼻が詰まるような、偏頭痛を催すようなしつこい不快感が私の身体を包んだ。もう直ぐだという峠の上まで更に二十分ほど登り続けた。尾根の小さな鞍部のような所で道が鋭角に折れ曲がった。

私は何度も「休みませんか」と声を掛けた。源也老人は峠の上でようやく立ち止まった。

「この峠が旧東川村と旧西川村の境目だ。儂ら俳句の世界で言うと、層雲の地方支部吹雪吟社とみ山の會の境界に当たる」

深い谷沿いを下って行くと、風は弱まったが、山鳴りが弦を弾くように高く低く響いた。道端に大きな黒い糞が落ちていて蜂が群がっていた。源也老人が「熊の糞だ」とこともなげに言い放った。私は首を竦め、足取りを速めた。

「向こうの街道筋にたばこと染め抜いた真っ赤な旗が靡いてるだろう。能保流の家はその手前に見える屋敷森の中に隠れている」

私の目にはたばこという染め抜き文字までは見えなかった。遠近がぼけたようなもどかしさを感じ、そこが午前中に巡り歩いた日野川だということが頭の中では分かっていても全く見たことのない景色を見ているような気がした。一瞬、手前の屋敷森の中に、今も能保流が暮らしているような錯覚を覚えた。

源也老人は相変わらず速い足取りで山裾を巻く道を下った。広い段丘に出て段差を二つ下ると、峠から眺めた屋敷森の前に出た。

「奥の家が能保流、本名長谷川昇の家だ。今は昇の遠縁に当たる家族が跡を継いで住んでいる。その家族が長谷川の墓や仏壇を守って来た。だから、今、この家にはあんたの調べに応えてくれるような生き証人などいないから念の為。能保流やみ山の會のことなど訊ねても無駄だ」

源也老人の釘を差すようなつれない言葉に私は失望した。折角、峠を越えて能保流の家に辿り着いたのに、最後の詰めで裏切られたような気がした。私は急に足のだるさを感じ、その場でうづくまりたくなった。源也老人が鬱蒼とした杉木立の中に歩み入り、能保流の家の玄関で声を掛けた。六十過ぎの女が出て来て、源也老人が私のことを掻い摘んで紹介すると、「奇特なことで」と言いながら二人を招き入れてくれた。

「あんた、能保流の仏壇に参って行くか」

私は初めての家に来て仏壇に手を合わせることに気後れを感じたが、能保流のことを様々調べて来たのだから、これも何かの因縁だろうと思い直した。源也老人はさっさと仏間に入って行った。私も仏間に坐り、線香を上げ合掌した。仏壇にセピア色の遺影が二つ上がっていた。源也老人が教えてくれた。

「右の写真が昇の父親で、左の二人並んだのが昇夫婦だ。田鶴子も早くに死んだ」

神経質そうな細面の能保流は、金縁の眼鏡の奥に怜悧な眼差しを湛え、薄い唇を真一文字に結んでいた。それはモダンに憧れ、自由律の俳句を詠んだ人間の顔ではなく、小学校の校長そのもののような印象を湛えていた。

私はお茶を出してくれた家人に能保流の遺品が残ってないかと不躾に訊ねた。源也老人が止めろというように私のズボンを引っ張った。女は床の間に飾られた色紙を示した。

舟に松立てて海いまあけぼの

「昇さんが亡くなって間もなく、その遺品は全て焼却されました。残っているのは、この色紙一枚だけです。私は、昇さんと俳句の関係についてはとんと分かりません」

源也老人が言い添えた。

「この句は、能保流晩年の句で、とっくに層雲を離れてからのものだ。お目出度いだけの詰まらない句だ。放哉を後援していた頃の句が能保流らしくていい。そういえば、能保流が放哉から受け取った絶筆の葉書もあったと聞いたことがあるが、みんな処分されたのだろう」

やはり、放哉の絶筆の葉書が能保流の存命中まではあったのだ。私は放哉と能保流の関係を証す葉書が焼却されたことをひどく残念に思った。しかし、能保流が死んで五十年も経っているのに、保存してあると期待した方が無理なのだと諦め、自分がそれまで抱いていた浅ましい魂胆に気恥ずかしさも覚えた。私は立ち上がって仏間の奥の広い座敷を窺った。層雲の通信欄を思い出し、この座敷で放哉の初七日が営まれたのかと思うと胸に迫るものを感じた。今は涼しげな青畳の向こうに百日紅の淡い紅が咲いているばかりだった。座敷に赤トンボが迷い込んで来た。


私は帰りのバス時刻が気になった。源也老人とは湊茶屋の前に立つ高谷の停留所で別れるつもりだった。停留所でバス時刻を眺めながら、虚しい気持ちに襲われた。一日掛けて歩き回って、結局不首尾に終わり、振り出しに戻って来た自分が愚かしく思われた。源也老人が私の肩に手を掛けて促した。

「終バスまで、大分、間がある。あんたもお疲れだろう。茶屋で一杯飲んで行けばいい」

私は気が進まなかった。

「あんた、まだ知りたいことがあるのだろう」

勿論、能保流と石塚訓導の間に何らかの関わりがあったのかどうか是非とも知りたかった。しかし、今更、どうにも手の尽くしようがないことがはっきりしていた。源也老人がもう一度私の肩を押して茶屋に入った。私は仕方なく茶屋の暖簾を潜った。昼間と中の雰囲気が違っていた。紺絣の女が、丁度、スキヤキの大皿を二階に運ぶところだった。タレのいい匂いが鼻を擽り、燗酒の香りが漂っていた。下足棚には男物の革長靴や地下足袋、草履が並び、箱階段の陰に物騒な銃や斧、大鋸が立て掛けられてあった。二階から威勢良く論じ合う声が聞こえて来た。

源也老人は「そこのカウンターでゆっくり飲んで待っていてくれ。儂は二階に上がる」と言い置いて箱階段を上がって行った。私はカウンターの椅子に坐った。女が下りて来てから酒を頼んだ。女が忙しげに酌をしてくれた。昼間と違い、女の態度はどこか剣呑だった。

「二階は大分賑やかそうだが」

「予約のお客さんです。初めての顔振ればかりですが、後で大事なお客さんも来るとか。あなた、勝手に手酌でやってください」

女は山菜と川海老の空揚げを揚げ始めた。私は時計を気にしながら、手酌で酒を飲んだ。女が序でにという感じで空揚げを私の前に出した。川海老の細い髭がピンと張っていた。私は山菜の方に箸を付けた。

二階から張り上げるような声や宥める声、意気消沈した声や笑い転げるような声が脈絡もなく聞こえて来た。源也老人の細いが凛とした声も混じっていた。

アヴァンギャルドがどうの、ダダイズムがどうの、モンタージュがどうのとバタ臭い外来語が飛び交っていた。間に、ノンとかノンセンスと叫ぶ声が挟まった。

カウンターの隅にある電話が鳴った。女が取って、「二階からです」と私に取り次いだ。相手は源也老人だった。何も電話でなくてもいいのにと思った。

「こっちは大分怪気炎を上げて座が乱れているが、あんたの知りたいことはちゃんと聞き出した。能保流は少年野球団を引率した訓導とは古い同僚だったそうだ」

私は源也老人の電話越しの言葉を訝った。聞き取りにくい電話だったが、源也老人の声は肉声より若く聞こえた。

「能保流は旧同僚に縋られて少年野球団の北陸遠征を援助してやった。杉林を一区画売って遠征費の一部を捻出してやったそうだ。その代わり、条件として多忙な自分に代わって、その訓導に放哉のいる小浜へ回り道することを強いて何十枚もの短冊を託した。放哉にくれる細々した日用品も付けてやった。能保流が短冊を託した理由は、放哉に直筆で句を認めてもらい、それをその訓導に持ち帰ってもらって、み山の會の同人や関係者に頒布し、後で放哉宛てに売上金を送ってやる算段からだった。最初から現ナマを放哉に恵んでやることは放哉の自尊心を傷つけると憚ったからだ。少年選手達と野球を楽しんで、放哉はよっぽど嬉しかったのだろう。能保流に預ける短冊とは別に、放哉は自前の短冊を持ち出して来て、句を認めそれを少年選手全員に贈ったそうだ。いい句もあったらしい」

私は思い掛けぬ話に、内心、小躍りした。遂に実家にある短冊が本当に放哉の筆によることが確認されてひどく嬉しくなった。兄の喜ぶ顔が目に浮かび、これまでの自分の物好きな探索もやっと報われたと思った。郷土雑誌に書くつもりでいた原稿のタイトルが頭をよぎった。しかし、私は源也老人がこの話を誰から仕入れたのか怪しんだ。

「お爺さん、今の話を誰に訊ねたのですか」

「決まっているではないか。今、能保流から聞いたのさ」

私は訳の分からぬ言葉に面食らい、益々怪しんだ。

「それなら是非、能保流に会わせて下さい」

源也老人が無理難題を吹っかけて来た。

「あんた、今、その場で俳句を一つ捻ってみなされ」

私は突然の言い草に狼狽した。暫らく目を瞑って時間を稼いだ後、辛うじて「夏の谷」という言葉が口を衝いた。しかし、それ以上先が続かなかった。

「あんた、季語なんかどうでもいい。『夏の谷』では紋切型に過ぎて儂ら自由律の世界では問題にもされない。残念だが、あんたが二階に上がって来る資格はない」

源也老人は電話を乱暴にガチャンと切った。私の頭は混乱した。自分が今どこにいるのか思い出せないような気がした。二階の賑やかな話し声や笑い声は続いていた。気付けに一杯グイと飲むと、峠越えの疲れからなのか急に酔いが回ってカウンターに俯して眠り込んでしまった。


私はぼんやりと目を覚まして時計を覗いた。終バスの時刻はとっくに過ぎていた。片頭痛の頭が朦朧としていた。気付かぬ内に、隣の椅子に度の強い眼鏡を掛けた作務衣姿の男が坐っていた。今時、珍しく下駄を履いていた。よく透る声で「酒」と女に声を掛けた。眼鏡の丸い枠と弦の継目が絆創膏で不細工に繕われていた。女が燗を付けると、男が手で制した。

「冷やで頼む。燗酒は利きが早くて楽しめない。猪口でなくてコップがいい。駆け付け三杯と行くか」

男の態度は、塩垂れた風体の割りには傲岸な感じがした。女が一升瓶からコップに冷酒を注いだ。男はコップを翳し、酒の色をじっと眺めた後、喉を鳴らしながら一気に飲んだ。「沁みるな」と呟き、喜色を浮かべてコップを突き出した。二杯目が注がれた。女が男に訊ねた。

「お客さん、どちらから」

男は「西国から」と答え、「いつの間にやら飛んで来て、ここに坐っていた」と言い放つと破顔一笑した。そして、二杯目も一息で飲み干すと、断りもなく自分の箸で私の前にある川海老をひょいと摘んで口に運んだ。素早いその仕草は呆れるほど無邪気だった。ところが、川海老の髭が喉につかえたのか、暫らく咽せていた。三杯目の酒を半分程クイと飲むと、咽せが収まった。懐に手を入れ今度は矢立と帳面を取り出した。矢立から筆を抜き出すと、何やら口籠もりながら帳面に文字を連ねた。

私は横目でこっそり帳面を覗いた。「川海老の髭が……」という出だしの言葉が読み取れたが、その先が中々続かなかった。その内、男は渋面を作りながら「田舎酒呷る、田舎酒呷る」と繰り返した後、筆を置いて満足げにポンと手を拍った。私には前後の言葉がどう繋がったのかよく理解できなかった。

男は急に私の方を見てニヤリと笑うと、書き掛けの帳面を懐にしまい込んだ。三杯目の酒の残りをじっと見詰めた後、スッと立ち上がり下駄を鳴らして箱階段の方へ向かった。下駄を脱ぐと、いきなり、凄い勢いで階段を駆け上って行った。耳を澄ますと、男の咳払いが聞こえ、それまでの二階の騒ぎが嘘のように静まり返った。独り埒外に置かれた私は、再び、カウンターに俯して眠り込んだ。

翌朝、私は足元に忍び寄る冷気に目を覚ました。自分がどこにいるのかよく呑み込めなかった。カウンターの上に七合程残る一升瓶が立ち、飲み残しの一合コップがその脇にあった。墨壷の蓋が開いた矢立が置き去りにされていた。前夜の二階の騒ぎと源也老人の電話、隣に坐って私の川海老を摘んだ男のことを思い出したが、前後の関係がどう繋がるのかはっきりしなかった。私はしつこい偏頭痛を我慢しながら覚束ない身のこなしで立ち上がった。

「勘定頼む」

返事はなかった。もう一度声を張り上げた。

「もう、帰る。勘定頼む」

やはり返事はなかった。私は困惑して箱階段の方に行き、二階を窺った。声を掛けたが、二階に人の気配は感じられなかった。前夜、見たはずの鉄砲も大鋸も見当らなかった。革長靴や地下足袋の収まっていた下足棚も空だった。

私はカウンターに適当な現金を置いて表の県道に出た。当てにしてないバスが直ぐに来た。

私はバスに乗り込んで右手の屋敷森を眺めた。杉木立の隙間に百日紅の花が見えたが、たちまち遠ざかって行った。私は前日からの偏頭痛を持ち越したままバスのシートで眠り込み、終点の駅に着くまで目を覚まさなかった。

いしはら さとる

1947年新潟市生まれ。早稲田大学卒業。1978年「流れない川」で第46回文學界新人賞受賞。以降、『文學界』『北方文学』等に作品を発表。著書に『泡沫夢幻』（未知谷）。新潟市在住。

酔藝（すいげい）

2021年2月1日初版印刷
2021年2月15日初版発行

著者　石原悟
発行者　飯島徹
発行所　未知谷
東京都千代田区神田猿楽町2丁目5-9　〒101-0064
Tel. 03-5281-3751 / Fax. 03-5281-3752
［振替］　00130-4-653627

組版　柏木薫
印刷所　ディグ
製本所　牧製本

Publisher Michitani Co. Ltd., Tokyo
Printed in Japan
ISBN 978-4-89642-631-1　C0093

石原悟の仕事

泡沫夢幻

64年新潟地震、地割れに引き込まれ千切れた足がまだ“そこ”で痛んでいる…『文學界』新人賞受賞作「流れない川」、尾崎放哉夫妻の大望と挫折…「放哉ユウラシア」ほか二篇。著者初の本格小説作品集。

260頁2000円

未知谷